Maren Stoffels

ESCAPE ROOM

Es gibt kein Entkommen

MAREN STOFFELS

ESCAPE ROOM

Es gibt kein Entkommen

131–191

Aus dem Niederländischen
von Katja Hildebrandt

cbt

MIX
Papier | Fördert gute Waldnutzung
FSC® C014496

Penguin Random House Verlagsgruppe FSC® N001967

4. Auflage 2024
Erstmals als cbt Taschenbuch Januar 2022

Die Originalausgabe erschien 2017 unter dem Titel »Escape Room«
bei Uitgeverij Leopold, Amsterdam

Übersetzung: Katja Hildebrandt
Umschlaggestaltung: Guter Punkt, München
unter Verwendung der Abbildungen von © iStockphoto
(tomnamon, javarman3, tongdang5, choness)
MP · Herstellung: IH
Satz: Buch-Werkstatt GmbH, Bad Aibling
Druck: GGP Media GmbH, Pößneck
ISBN 978-3-570-31456-2
Printed in Germany

www.cbj-verlag.de

Für Annemieke,
weil du immer da bist,
selbst wenn du dich am
anderen Ende der Welt befindest.

WAS
ZUVOR
GESCHAH

X

Ich kann ES von hier aus sehen.
ES sieht mich nicht.
ES muss büßen.
Für alles.
Ich brauche nur ein Zeichen.
Bitte.
Gib mir ein Zeichen,
dass ich anfangen kann.

MINA

»Er ist schwul, ganz sicher.« Sky sitzt hinter Alissa und mir auf der Banklehne. Außer uns dreien ist sonst niemand hier im Park.

»Das glaube ich nicht.« Alissa holt ihr Portemonnaie heraus. »Um wie viel wollen wir wetten?«

Ich habe keine Ahnung, über wen meine beiden besten Freunde reden. Es ist oft so, dass ihre Unterhaltungen an mir vorbeiziehen, als wäre zwischen uns eine Mauer.

Alissa wedelt mit einem Fünfeuroschein herum, was mich an den ersten Tag der Oberschule erinnert. Ich glaubte damals, sie hätte eine Wette abgeschlossen.

An jenem ersten Morgen kam sie zu mir an den Tisch und fragte, ob der Platz neben mir schon besetzt sei. Alissa ist die Art von Mädchen, die überall hätte sitzen können, so unglaublich hübsch ist sie.

Ihre Augen haben die Farbe des Meeres an der italienischen Küste, wo ich den Sommer verbracht hatte. Misstrauisch schaute ich mich um. Wo waren ihre kichernden Freundinnen, um mich auszulachen, weil ich darauf reinfiel?

Doch es war niemand außer uns im Klassenraum.

Skys Stimme bringt mich zurück in die Gegenwart. »Lass uns um eine Pizza wetten. Milas kann sie uns liefern, das ist perfekt.«

Also geht es um Milas, der mit Sky in der Pizzeria jobbt. Ich habe ihn noch nie gesehen, aber Alissa hat ihn schon ein paarmal erwähnt.

Eine junge Frau mit blondem Haar und einem roten Schal um den Hals kommt in den Park gejoggt. Als sie an uns vorbeiläuft, lächelt sie mir kurz zu.

»Er ist auf dem Weg zu uns, also heißt es jetzt abwarten.« Sky steckt das Handy in seine Tasche und dreht sich eine Zigarette. Er kauft nie fertige Zigaretten. Sky macht immer alles auf seine eigene Art.

»Hat es eigentlich wehgetan?«, höre ich Alissa fragen, was mich gedanklich wieder zurück auf die Parkbank bringt.

Ich folge Alissas Blick zu Skys Augenbrauenpiercing, das er sich vor einiger Zeit hat stechen lassen. Als er am nächsten Tag in die Schule kam, war die Haut um das Piercing herum rot und geschwollen. Kurz berühre ich meine eigene Augenbraue, die damals ebenfalls wehgetan hatte.

Früher dachte ich lange, es sei Zufall, doch als Alissa sich irgendwann beim Sportunterricht das Handgelenk brach, hatte ich in meinem wochenlang Schmerzen. Verrückt.

Kann ich die Schmerzen von anderen Menschen spüren? Ist das möglich? Es fühlt sich übernatürlich an, seltsam. Und falls es irgendjemand herausfindet, werden alle denken – noch mehr als sowieso schon –, dass ich irre bin.

Sky deutet auf seine Augenbraue. »Am Anfang kam so viel Eiter raus, dass ich mir damit einen Smoothie hätte machen können.«

Alissa gibt ihm einen Schubs und er fällt fast von der Banklehne. »Hör auf! Sonst trau ich mich nicht mehr.«

Seit wann will Alissa sich ein Piercing stechen lassen? Ich versuche mir vorzustellen, wie so ein kleiner Ring an ihrer Augenbraue aussehen würde.

Vor ein paar Wochen sollten wir im Kunstunterricht Kleidung aus Müllsäcken herstellen. Alissa zog sich ihren Müllsack über den Kopf und tackerte ihn an der Seite zusammen. So stolzierte sie dann durchs Klassenzimmer, als wäre sie auf dem Catwalk, und ein paar Jungen fingen an zu pfeifen. Selbst in diesem Müllsack sah sie umwerfend aus.

»Wo bleibt die Pizza?«, fragt Alissa ungeduldig.

»Milas hat eine halbe Stunde Zeit, die Pizza zu liefern. Kommt er später, ist die Pizza umsonst. So sind bei uns die Liefervorschriften.«

In dem Moment kommt ein Roller mit einer blauen Gepäcktasche hinten drauf in den Park gefahren.

Sky greift nach meinem Handgelenk und sieht auf die Uhr. »Auf die Minute. Typisch Miles. Er ist ein pünktlicher schwuler Typ.«

»Hör auf.« Alissa streicht ihr T-Shirt glatt. Es ist nur eine kleine Bewegung, aber ich merke, dass sie nervös ist. Mein Magen rumort, so als würde ich kurz vor einer wichtigen Prüfung stehen.

Milas' Roller kommt direkt vor unserer Bank zum Stehen und er winkt Sky zu. Als er das Visier seines Helms hochschiebt, sehe ich ein Augenpaar so hellblau wie Alissas. Doch Milas' Augen haben etwas Kaltes an sich. Nichts davon erinnert an italienisches Meer, vielmehr gleichen sie Gletscherwasser. Mich überkommt ein seltsames Gefühl, das ich nicht richtig einordnen kann.

»Eine Pizza Salami?« Der Junge nimmt einen Pizzakarton aus der Tasche. Bei dem Geruch nach geschmolzenem Käse läuft mir das Wasser im Mund zusammen.

»Jepp, die ist für uns.« Dann deutet Sky auf Alissa. »Sie zahlt.«

»Das glaubst du.« Alissa sieht zu dem Jungen. »Hey, Milas.«

MILAS

Ich mag es nicht, wenn jemand meinen Namen kennt, ich aber nicht seinen. Das fühlt sich so an, als würde ich null zu eins hinten liegen.

Ich habe das Mädchen schon mal gesehen, Sky trifft sich manchmal nach der Arbeit mit ihr. Sie ist mir sofort wegen ihrer Augen aufgefallen, denn sie sind genauso blau wie meine. Mein Vater hat immer gesagt, außer ihm und mir gäbe es niemanden mit solchen blauen Augen, aber er hat sich getäuscht. Die Augen dieses Mädchens sind hypnotisierend.

Hat Sky ihr meinen Namen verraten?

Das Mädchen lächelt. »Willst du ein Stück?«

Eigentlich muss ich gleich wieder los, aber etwas in ihrer Stimme lässt mich zögern.

Erst in diesem Moment bemerke ich, dass noch ein anderes Mädchen auf der Bank sitzt. Sie lehnt sich ein bisschen nach vorne, sodass ihr Gesicht von ihren langen, glatten Haaren verdeckt wird, wie von einem Vorhang. Sie scheint nicht wirklich dazuzugehören.

»Du hast doch gleich Pause, oder? Komm schon, nimm ein Stück.« Anscheinend kennt das blauäugige Mädchen nicht nur meinen Namen, sondern auch meine Arbeitszeiten.

Ein Teil ihres Nackens ist von der halb offenen Jacke nicht verdeckt. Wie würde es sich wohl anfühlen, die weiche Haut an dieser Stelle zu küssen?

Bei dem Gedanken zucke ich zusammen. Nach der Sache mit Karlijn habe ich beschlossen, nie wieder etwas für ein Mädchen zu empfinden. Es ist leichter, alle abzuweisen, als eine an sich heranzulassen. Denn wenn man sie an sich heranlässt, beginnen sie Fragen zu stellen. Fragen, die ich nicht beantworten kann.

Ich sollte wirklich gehen, doch ohne zu wissen, warum, nehme ich den Helm ab und setze mich neben das hübsche Mädchen.

»Hier.« Sie reicht mir die Pizzaschachtel. Während ich kaue, wage ich es, sie genauer anzusehen. Es muss etwas an ihr geben, das mir nicht gefällt, etwas, das mir später hilft, sie zu vergessen.

Doch ihre Stimme klingt so, als würde sie singen,

ihre Augen sind unendlich blau und sie riecht wie ein sommerlicher Herbsttag.

Ich bin mir nicht sicher, ob ich sie überhaupt vergessen will.

Ich schlucke ein Stück Pizza hinunter. »Und wer bist du?«

ALISSA

Wir sitzen so dicht nebeneinander, dass Milas' Bein meines berührt. Durchdringend sieht er mich an, als hoffe er, etwas in meinem Gesicht zu finden. Seine Augen scheinen jeden Zentimeter meiner Haut zu durchleuchten.

Bis eben habe ich noch nie ein Wort mit Milas gewechselt, aber ich habe ihn jedes Mal, wenn ich Sky von der Arbeit abgeholt habe, aus der Ferne beobachtet.

Milas fällt auf. Nicht, weil er gut aussehend ist, sondern weil er es scheinbar nicht sein will. Es kommt mir so vor, als würde ihn sein Aussehen quälen. Und so etwas bemerke ich.

Jungs ziehen mich gern mit ihren Blicken aus und das macht mich wahnsinnig. Andreas ist der letzte Junge, den ich geküsst habe, und ich mochte ihn wirklich sehr. Aber nach unserem Kuss habe ich gehört, wie er vor seinen Freunden damit geprahlt hat, dass er mit einem »heißen« Mädchen rummacht. Mehr als das bin ich also nicht?

Sky sieht ebenfalls gut aus, aber er hat auch etwas Raues an sich, was viele Leute vermutlich ein wenig beängstigend finden. Eigentlich eine gute Idee, sich so zu geben, um andere auf Abstand zu halten.

Manchmal starre ich zu Hause mein Spiegelbild an. Ich traue mich nicht, mir ein Tattoo stechen zu lassen, aber wie wäre es mit einem Piercing? Ich habe mir schon mal mit einem Stift einen Punkt auf einen Nasenflügel gemalt. Allein der Gedanke an einen Knopf in der Nase hat bewirkt, dass ich mich stärker fühlte.

»Und wer bist du?«, fragt Milas.

»Alissa.«

»Bist du schwul?«, fragt Sky.

Ich verstehe, warum die Lehrer sagen, dass er zu direkt ist. Manchmal benimmt er sich wie eine Dampfwalze.

Milas schüttelt irritiert den Kopf. »Nein, bin ich nicht.«

Sky zündet sich seine Zigarette an. »Kein Grund, angepisst zu sein. Schwule Typen sind cool.«

Milas steckt sich den Rest seines Pizzastücks in den Mund und steht auf. »Ich muss los.«

Will er wegen Skys Frage so plötzlich gehen? Ich merke, wie ich mich ärgere, denn ich möchte, dass Milas mich noch einmal so ansieht wie eben. Es war, als könne er viel mehr sehen als nur mein Äußeres.

»Sky bezahlt die Pizza«, sage ich. »Und übernimmt das Trinkgeld.«

SKY

Ich könnte mich ohrfeigen.

Alissa mag ihn.

Ich dachte, hier ginge es nur um eine Wette, aber Alissa hat ihn auf eine Art angelächelt, die nur sie draufhat. Mit diesem Lächeln, das alle Jungen dazu bringt, ihr zu verfallen.

Als ich nach Hause komme, drehe ich die Verstärker meines elektrischen Schlagzeugs voll auf. Schlagzeugspielen hilft eigentlich immer, aber nicht heute. Selbst nach einer halben Stunde zittern meine Hände immer noch vor Ärger und ich ziehe die Kopfhörer herunter.

Warum kann ich mich nicht beruhigen?

Alissa hat keine Ahnung, dass ich Caitlin nur aus einem Grund um ein Date gebeten habe – um keine Aufmerksamkeit mehr zu erregen.

Caitlin geht in unsere Parallelklasse und ist echt in

Ordnung. Man könnte sogar sagen, die beiden sehen sich ähnlich, doch Caitlins blaue Augen sind nichts gegen das Original.

Ich lass mich aufs Bett fallen und betrachte das Gruppenfoto, das auf dem Nachttisch steht. Es immer dort zu sehen, lässt mich schlecht schlafen, aber ohne das Foto ist es noch schwerer.

Ich nehme das Bild in die Hand und halte es mir dicht vors Gesicht. Dort, wo ich manchmal meine Lippen draufdrücke, ist ein kleiner Fleck zu sehen. Das Foto zeigt uns Arm in Arm dicht nebeneinanderstehend.

Am liebsten würde ich alle anderen auf dem Bild abschneiden, aber so kann Alissa mein Zimmer betreten, ohne zu kapieren, was los ist. Dass Mina etwas bemerken könnte, brauche ich nicht zu befürchten, sie schwebt sowieso die meiste Zeit in einer anderen Dimension.

»Du gehörst mir«, sage ich leise. »Du musst es nur erkennen.«

ALISSA

»Kommst du mit?«, frage ich Mina, als sie auf ihr Fahrrad steigt.

»Wohin?«

»Um das Piercing machen zu lassen?«

»Jetzt?« Mina lächelt. Sie weiß, wie ungeduldig ich bin. Wenn ich eine Idee habe, will ich sie sofort umsetzen.

»Klar.«

»Wie findest du es?«, frage ich noch einmal, als wir beide wieder mit den Rädern losfahren.

»Schön.« Mina ist ganz blass geworden, als die Nadel durch meinen Nasenflügel stach. Es war, als wäre sie diejenige mit den Schmerzen.

Jetzt, nur ein paar Minuten danach, sind wir auf dem Weg in die vornehme Gegend, in der Mina wohnt. Als ich das erste Mal bei ihr war, konnte ich meinen Augen nicht trauen. Doch Minas Vater ist Anwalt und verdient offensichtlich sehr viel mehr als mein Pa, der bei der Feuerwehr arbeitet.

Als Mina an der Haustür ihren Schlüssel sucht, geht im Flur das Licht an und ihre Mutter öffnet die Tür.

»Wo warst du?«

Ich weiß, dass Minas Mutter richtig panisch werden kann, aber es überrascht mich trotzdem jedes Mal. Sie redet mit Mina, als wäre sie ein kleines Kind. Meine Schwester ist erst neun, aber selbst sie wird nicht derart wie ein Baby behandelt.

»Ma …« Mina wird rot.

Ihre Mutter nickt mir zu, wendet sich dann aber wieder an ihre Tochter. »Halte dich bitte an unsere Abmachungen.«

Mein Vater trägt bereits seine Feuerwehruniform, als ich nach Hause komme.

»Was hast du da in der Nase?«

Ich drehe den Kopf von links nach rechts. »Gefällt es dir?«

Mein Pa versucht, ein ernstes Gesicht aufzusetzen, aber dann lächelt er. »Ich finde es cool«, sagt er. »Deine Mutter kommt bald nach Hause. Ruben und

Koen sind oben«, fährt er fort. »Kannst du Fenna bei den Mathehausaufgaben helfen?«

»Klar.«

Er gibt mir einen Kuss auf die Stirn und macht die Tür hinter sich zu. Ich sehe ihm durchs Fenster hinterher, wie er mit dem Rad die Auffahrt hinunterfährt.

Als ich klein war, lag ich oft stundenlang wach und wartete darauf, dass mein Vater sicher und wohlbehalten von der Arbeit nach Hause kam. Ich wagte es nicht, vorher die Augen zuzumachen. Wenn ich es manchmal nicht schaffte, wach zu bleiben, schrak ich mitten in der Nacht hoch und lief barfuß zum Schlafzimmer meiner Eltern. Lag er dann auf seiner Seite des Bettes, ging ich beruhigt wieder zurück in mein Zimmer.

Inzwischen kann ich zwar schlafen, aber nie sehr tief. Vor allem seit letztem Weihnachten nicht mehr.

Damals sind eines Nachts, als mein Vater Dienst hatte, vier Menschen bei einem Brand ums Leben gekommen, darunter einer der Feuerwehrmänner. Ein brennender Holzbalken ist auf ihn draufgestürzt.

Die Menschen, die in dem Haus gewohnt haben, waren in ihren Schlafzimmern im zweiten Stock und niemand konnte sie erreichen. Mein Vater versuchte, zu ihnen zu gelangen, aber es war zu gefährlich. Am Ende konnte er nichts tun, außer hilflos zuzusehen, wie das Haus niederbrannte.

Meinen Vater traf absolut keine Schuld, doch dieser Unfall hat ihn verändert. Er war eine Zeit lang nicht arbeiten, sondern ist wie ein Geist durchs Haus geschlichen. Selbst seine Kollegen, die in jener Nacht dabei waren, drangen nicht zu ihm durch.

Nachts hat er oft im Schlaf geschrien. Albträume, hat meine Mutter gesagt, aber das war eine absolute Untertreibung.

Fenna ist jedes Mal, wenn mein Vater nachts schrie, völlig verängstigt in mein Bett geklettert, und ich hab sie festgehalten, bis sie wieder schlief.

Ich fand es furchtbar, dass Fenna das alles mitbekam, und hätte gern etwas getan, um zu helfen, nur wusste ich nicht, was.

Als mich ein Dokumentarfilmer fragte, ob ich ein Interview über die Auswirkungen des Brandes auf unsere Familie geben würde, habe ich sofort eingewilligt. Die Dokumentation wurde auf einem Kinderkanal gesendet, und ich habe mir gewünscht, die Sendung würde jemandem in einer ähnlichen Situation wie Fenna helfen, selbst wenn es nur eine einzige Person wäre.

Es gab eine Menge positive Reaktionen darauf und das half mir durch die schwere Zeit.

Der Zustand meines Vaters schien ewig anzudauern, doch irgendwann wurde es langsam besser. Er bekam Medikamente zur Beruhigung, ging zu einem Psychologen und schaffte es mithilfe der anderen Feuerwehrmänner sogar, wieder halbtags arbeiten zu gehen.

Nach ein paar Monaten arbeitete er schließlich wieder Vollzeit und schien das Ganze einigermaßen vergessen zu haben.

Hin und wieder schaue ich mir die Dokumentation noch einmal an, sehe die dunklen Ringe unter meinen Augen, die ängstlich in die Kamera blicken.

Selbst heute noch habe ich manchmal so große Angst um meinen Pa wie damals.

MILAS

Alissa. Bei jeder Pizza, die ich den restlichen Abend über ausliefere, muss ich an sie denken. Und während der Heimfahrt sehe ich immer noch ihren entblößten Nacken vor mir.

Ich merke erst, wo ich bin, als es schon zu spät ist. Das hier ist meine alte Straße.

Wie ist das passiert? Bisher habe ich nie den falschen Weg genommen, sondern habe mich sofort an mein neues Zuhause gewöhnt.

Mein Herzschlag setzt einen Moment aus, als ich sehe, dass sich nichts verändert hat. An einer Stelle ist der Gehweg tiefer, sodass ich dort immer mit dem Rad rauffahren konnte, ohne mit dem Hinterrad den Bordstein zu streifen.

Auf dem Fensterbrett von Nummer 39 steht immer noch eine Reihe Holzkühe, die ich als Kind stundenlang angesehen habe. Mein Vater wartete geduldig neben mir, während ich sie zählte und ihnen Namen gab.

Die Erinnerung tut weh. Nichts hier hat sich verändert und doch ist *alles* anders.

»Hey, mein Lieber«, sagt Jolieke, als ich in die Küche komme. »Wie war dein Tag?«

Soll ich ihr erzählen, dass ich in unserer alten Straße war? Sie würde mir jede Menge Fragen stellen: wie es mir dabei ging, ob ich das Grab besuchen möchte, ob ich noch einmal mit ihr zu unserer alten Straße gehen will …

»Ganz okay.« Ich beuge mich über die Pfanne. »Das riecht gut.«

»Kannst du schon mal den Tisch decken?«

Obwohl wir nur zu zweit sind, kocht Jolieke jeden Tag. Sie hat sich selbst dann davon nicht abhalten lassen, als wir meinen Vater verloren hatten. Doch ich weiß, dass sie nächtelang um ihn geweint hat. Das habe ich durch die dünnen Wände der neuen Wohnung gehört.

Ich ordne die Stifte auf meinem Schreibtisch, stapele die Theoriebücher für die Fahrprüfung und schiebe den Stuhl ran.

Draußen ist es mittlerweile stockdunkel, drinnen auch.

Eigentlich möchte ich gern das Licht anmachen, aber dann würde Jolieke merken, dass ich noch wach bin. Letzte Woche hat sie mich gefragt, ob ich oft Schlafprobleme habe. Ich weiß nicht, was sie eigentlich von mir will.

Will sie mich weinen sehen?

Ich esse, trinke, gehe, aber nichts davon fühlt sich mehr richtig an.

Bis zu diesem Nachmittag.

Alissa fühlte sich richtig an.

Jetzt denke ich schon wieder an sie.

Ich lege mich auf mein Bett, drehe den Kopf zur Seite und starre mich im Spiegel des Kleiderschranks an. Meistens verhülle ich ihn mit etwas, aber heute ist er nicht verdeckt.

Ich sehe mein Haar, meine Lippen … das Aussehen, das mir so oft geholfen hat. Im Supermarkt sind die Leute mir gegenüber immer überfreundlich, Lehrer helfen mir, wenn ich irgendwo Probleme habe, und Mädchen tun fast alles für mich.

Aber ich kann nichts davon zurückgeben.

Und was ist mit Alissa?

Kann sie mich wieder in Ordnung bringen?

Ich muss an Karlijn denken, das letzte Mädchen, das in meinem Zimmer war. Sie lag mit mir auf diesem Bett, unter der Decke.

Wir haben über die Zukunft geredet.

Was wir tun wollten, wie wir sein wollten.

Weil wir sicher waren, dass wir zusammen alt werden würden.

Ich hätte mit ihr eine Zukunft haben können, aber ich habe sie zerstört.

Alissa werde ich auch zerstören.

Ich muss mich von ihr fernhalten.

X

Das Licht ist schon eine Weile aus.
ES schläft bestimmt schon.
Ohne Albträume.
Die Albträume sind mir vorbehalten.
Immer und immer wieder.
Und jedes Mal ist es der gleiche.

Ich drehe mich um,
denn ich kann nicht die ganze Nacht
hier stehen.
Heute habe ich endlich das bekommen,
worauf ich gehofft habe.
Ein solcher Zufall
muss das Zeichen sein.

SKY

Ich bin froh, als am Freitagnachmittag endlich die Schule vorbei ist. Mir ist klar, dass ich nicht mehr sauer sein sollte auf Alissa, aber ich bin es immer noch.

Sie ist in die falsche Person verliebt, warum merkt sie das denn nicht?

Als ich mir in der Pizzeria die Schürze überziehe, sehe ich einen Flyer auf dem Tisch im Personalraum liegen.

Neugierig lese ich, was darauf steht.

SUPERREALISTISCHER ESCAPE ROOM

»HAPPY FAMILY«

DIE TÜR SCHLIESST SICH.

IHR HABT 60 MINUTEN ZEIT.

ABER WO BEGINNT EURE SUCHE?

FINDET DIE HINWEISE! KNACKT DIE CODES! LÖST DIE RÄTSEL!
FINDET IHR INNERHALB EINER STUNDE HERAUS?

»HAPPY FAMILY« IST FÜR GRUPPEN AB 4 PERSONEN GEEIGNET. (DIESER ESCAPE ROOM IST ATEMBERAUBEND UND NICHTS FÜR SCHWACHE NERVEN!)

Ich lese den Flyer drei Mal, um alles in mich aufzunehmen. Das Wort *superrealistisch* hat etwas in mir ausgelöst. Geisterbahnen auf dem Jahrmarkt finde ich immer total schlecht gemacht, aber das hier? Das will ich unbedingt ausprobieren.

Vielleicht, nur ganz vielleicht, vergesse ich in diesem Escape Room das Foto auf meinem Nachttisch. Und vielleicht vergesse ich auch, dass diese blauen Augen mich nie so ansehen werden, wie ich es mir wünsche.

»Müsstest du nicht arbeiten?«

Ich drehe mich um und sehe Milas hinter mir stehen. Er deutet auf den Flyer in meiner Hand. »Was ist das?«

Auf ihn bin ich auch sauer, vielleicht sogar noch mehr als auf Alissa. Diese sehnsüchtigen Blicke, die er ihr gestern zugeworfen hat. Ich schaffe es einfach nicht, Caitlin auf diese Weise anzusehen, egal wie sehr ich es auch versuche.

Ich stopfe den Flyer in meine Hosentasche. »Nichts.«

Alissa und Mina warten nach der Arbeit auf mich. Alissas Piercing leuchtet mir entgegen, als wäre sie nicht ohnehin schon hübsch genug.

»Kommst du mit ins Kino?«, fragt sie.

»Ich bin mit Caitlin verabredet.« Während ich das sage, werde ich nervös. In letzter Zeit habe ich das Gefühl, dass Caitlin nicht mehr nur küssen will. Ich sollte das Gleiche wollen, aber das tue ich nicht. Meine Gedanken sind bei jemand anderem.

»Ist was Ernstes zwischen euch, was?«

Ich mache ein seltsames Geräusch, das alles bedeuten könnte. Bloß schnell das Thema wechseln.

»Wollen wir nächsten Freitag hier hingehen?« Ich ziehe den Flyer vom Escape Room aus der Hosentasche.

Alissa runzelt die Stirn. »Was ist das?«

»Oh, das kenn ich!« Zu meiner Überraschung nimmt mir Mina den Flyer aus der Hand. »Man muss Rätsel lösen, um aus dem Raum herauszukommen.«

»Und das findest du gut?« Alissa hebt eine Augenbraue.

Mina nickt. »Klingt cool.«

Alissa wirft mir einen kurzen Blick zu. Offensichtlich denkt sie das Gleiche wie ich: Mina traut sich nie etwas. Bei Schulausflügen bleibt sie meistens zu Hause, und Alissa und ich gehen jedes Jahr ohne sie zum Jahrmarkt, weil Mina von den Fahrgeschäften übel wird. Nur ganz selten besucht sie mich bei der Arbeit, weil sie angeblich immer gerade Bauch- oder Kopfschmerzen hat.

»Bin dabei«, sagt Alissa.

Ich tippe auf den Hinweis unten auf dem Flyer. »Wir brauchen nur noch eine vierte Person.«

»Caitlin?«, schlägt Mina vor.

Mit Caitlin zusammen zu sein fühlt sich so schon wie ein lebensgroßer Escape Room an.

»Oder Milas?«, fragt Alissa.

Oh nein. Auf keinen Fall will ich 60 Minuten dabei zusehen, wie sich die beiden näherkommen.

»Dann wären wir zu viert.« Alissa sieht mich an. »Soll ich ihn fragen?«

Ich liege mit Caitlin auf meinem schmalen Bett. Wir gucken einen Film, aber ich habe noch kaum was davon mitbekommen.

Alissa hat Milas gefragt, ob er mitkommt, also bin

ich nächsten Freitag eine Stunde lang mit den beiden eingeschlossen.

Wie konnte ich nur so dumm sein? Warum habe ich den Escape Room überhaupt erwähnt?

»Der war gut.« Caitlin gähnt und streckt sich. Jetzt merke ich erst, dass der Abspann läuft, das Ende vom Film habe ich komplett verpasst.

»Sollen wir schlafen gehen?«

Ich sehe erschrocken auf. »*Wir*?«

Caitlin traut sich kaum, mich anzusehen, als sie flüstert: »Ich habe meinen Schlafanzug dabei.«

Ich wusste, dass so etwas passieren würde, aber ich bin nicht bereit dazu.

Caitlin schlüpft in den Flur hinaus und geht ins Bad. Ich muss mir irgendwas überlegen, nur was? Schon zwei Mal habe ich vorgetäuscht, dass es mir nicht gut geht.

Caitlin kommt zurück in einem seidig glänzenden Schlafanzug, der neu aussieht. Ich frage mich, ob sie ihn extra für mich gekauft hat, und bei dem Gedanken wird mir schwindelig.

»Schläfst du in Jeans?«, fragt sie.

Richtig, ich habe ja noch Klamotten an. Ich stehe auf und ziehe die Hose aus, aber lasse zur Sicherheit das T-Shirt und die Boxershorts an.

Kichernd kriecht Caitlin unter meine Decke. »Kommst du?«

Vielleicht ist es wie mit bitterem Hustensaft – ihn auf ex zu trinken ist besser, als es hinauszuzögern.

Ich mache das Licht aus und taste mich zum Bett vor. Es überrascht mich, wie weich Caitlin ist. Weiche Beine, weiche Arme, weicher Bauch.

»Hier sind wir also«, sage ich.

Caitlin nimmt meine Hände und legt sie auf ihre Brüste. Ich kann ihre harten Brustwarzen unter dem Stoff ihres Schlafanzugs spüren.

Ich sollte wohl irgendetwas tun, also beginne ich, sie wie Pizzateig zu kneten.

Caitlins Hände wandern nach unten zwischen meine Beine.

Nein, nein, das will ich nicht, das kann ich nicht.

In dem Augenblick höre ich die Haustür. Meine Eltern sind von ihrem Abendessen mit Freunden zurück.

»Meine Eltern sind wieder da«, sage ich. »Wir können nicht weitermachen, ihr Schlafzimmer ist direkt nebenan.«

Einen Moment lang ist es still, dann flüstert Caitlin: »Schade.«

Ich unterdrücke einen erleichterten Seufzer. Dieses Mal bin ich davongekommen.

»Ja, schade.«

Caitlin kuschelt sich an mich und legt ihren Kopf auf meine Brust. Kurz darauf schnarcht sie leise, ihr Bein auf meinem.

Stunden später schlafe auch ich ein.

X

Nur noch ein paar Tage, dann ist Freitag.
Frei Tag.
Endlich werde ich frei sein.

MILAS

Ich habe Ja gesagt.

Ich werde mit Alissa in den Escape Room gehen. Was sollte ich auch sonst tun?

Ich kann nicht aufhören, an sie zu denken. Am Montag glaube ich, sie in der Stadt zu sehen, fahre mit dem Roller hinter ihr her, doch dann stellt sich heraus, dass sie es gar nicht ist.

Am Dienstag finde ich im Internet die Dokumentation, in der sie ein Interview gibt, und sehe sie mir fünf Mal hintereinander an.

Mittwochnacht träume ich, dass ich sie küsse, und als ich aufwache, ist ein Spuckefleck auf dem Kissen.

Am Donnerstag macht mich die Warterei verrückt, und ich fahre mit dem Roller durch die Gegend, den kalten Herbstwind im Gesicht, als ich das Visier des Helms hochschiebe.

Ich muss damit aufhören. Nichts wird je zwischen Alissa und mir passieren, es ist zum Scheitern verurteilt.

Neben einer Weide bremse ich ab, bocke den Roller auf und reiße mir den Helm vom Kopf.

Da steht die gleiche Art Bank wie in dem Park, wo ich Alissa letzte Woche getroffen habe.

Zuerst habe ich noch gehofft, ich hätte sie in meinem Kopf hübscher gemacht, als sie eigentlich ist. Doch jedes Mal, wenn ich die Dokumentation anhielt, schauten ihre blauen Augen tief in meine.

Karlijn hat mich auch auf diese Weise angesehen, als wir noch zusammen waren.

Immer, wenn ich an Alissa denke, muss ich auch an Karlijn denken.

Als wir uns das letzte Mal sahen, schaute sie mich an, als wäre ich ein Fremder. Sie hatte Angst vor mir, und egal, was ich sagte, ich konnte es nicht wiedergutmachen.

Genauso übel wird es auch mit Alissa enden, wenn nicht noch übler.

Große Wut brodelt in mir hoch.

Warum kann ich nicht einfach mein Leben weiterleben? Warum verfolgt mich das Damals wie ein Wespenschwarm?

Ich hole weit aus mit dem Helm und knalle ihn dann ein paarmal heftig auf die Bank.

Ich schlage meine Erinnerungen in kleine Stücke.

MINA

Die ganze Woche über habe ich Bauchschmerzen, doch es sind die Schmerzen von jemand anderem. Ich weiß nicht, von wem, aber sie werden jeden Tag schlimmer. Donnerstagnachmittag fühlt es sich an, als hätte ich eine Rasierklinge verschluckt. Als ich mit dem Rad an einer Weide vorbeifahre, muss ich kurz stehen bleiben und mir den Bauch halten.

Ich stöhne auf, als ein weiterer Stich mich durchfährt. Was um alles in der Welt ist das?

Plötzlich höre ich einen Schrei, nicht weit von mir entfernt. Ein großer Busch versperrt mir die Sicht, doch als ich mich dem Geräusch nähere, sehe ich einen Jungen an einer Bank stehen. Er schlägt einen Helm auf die Sitzfläche, zwei Mal, drei Mal.

Dann schleudert er den Helm auf den Boden, sodass er in den Graben rollt. Ein paar Enten fliegen aufgescheucht davon.

Gerade will ich wieder auf mein Rad steigen, als ich erkenne, wer der Junge ist.

Milas.

Er sackt auf der Bank in sich zusammen und hält sich die Hände vors Gesicht. Weint er?

Auf einmal tut mein Bauch so weh, dass ich mir auf die Innenseiten der Wangen beißen muss, um nicht aufzuschreien. Ich krümme mich hinter dem Busch und atme tief ein.

Jetzt weiß ich also, von wem der Schmerz kommt. Was ist los mit Milas? Letzte Woche hat meine Nase wegen Alissas Piercing wehgetan, aber das war nichts im Vergleich hierzu. Mein Bauch fühlt sich an, als würde er von innen heraus verbrennen.

Da sehe ich, wie in der Ferne langsam jemand näher kommt, eine junge Frau. Kurz darauf erkenne ich, dass es die Joggerin aus dem Park ist. Sie hat denselben roten Schal um wie letzte Woche.

Als sie Milas erreicht, kommt sie vor ihm zum Stehen. Was will sie tun? So wütend, wie er gerade ist, wäre es verrückt, mit ihm sprechen zu wollen.

Ich höre, wie sie leise etwas zu ihm sagt, wahrscheinlich fragt sie ihn, ob alles okay ist.

Milas nimmt die Hände vom Gesicht und blafft sie an: »Was willst du von mir? Verschwinde!«

Ich weiche zurück, die Frau ebenfalls. Sie sagt noch etwas zu ihm, aber ich kann nicht verstehen, was.

»Nein!« Milas ist jetzt richtig aufgebracht. »Du hast mich doch gehört, oder nicht? Lass mich in Ruhe!«

Die Frau läuft weiter, während ich erstarrt hinter dem Busch stehen bleibe. Warum schreit Milas eine fremde Frau derart an?

Mir kommt Alissa in den Sinn, die ihn zu mögen scheint. Ich bin mir sicher, sie würde ihre Meinung ändern, hätte sie das hier gerade gesehen.

Ich schaue noch einmal zu Milas, der in die Ferne starrt. Im Park hat er sich mir nicht einmal vorgestellt, so als wäre ich unsichtbar. Unsichtbar zu sein hat aber auch Vorteile.

Ich mache, dass ich wegkomme.

Alissa tritt gerade zur Tür raus, als ich bei ihr ankomme, und fragt: »Hey, was machst du denn hier?«

Auf dem Weg zu ihr habe ich die ganze Zeit mit mir debattiert, was ich tun soll, aber das schlechte Gefühl, das ich wegen Milas habe, hat schließlich gewonnen.

Ich atme tief ein. »Ich will nur kurz mit dir reden.«

Alissa nimmt ihr Rad, das am Haus lehnt. »Jetzt? Worüber?«

»Über Milas.«

»Das passt ja gut. Er hat mir gerade eine Nachricht geschickt und gefragt, ob ich zum Abendessen zu ihm kommen will, damit wir uns vor morgen ein bisschen besser kennenlernen.«

Ungefähr hundert Alarmglocken beginnen gleichzeitig zu schrillen.

»Geh nicht«, platzt es aus mir heraus.

Alissa runzelt die Stirn. »Warum nicht?«

Ich habe absolut keine Beweise, es ist nur ein Gefühl. Irgendetwas ist mit Milas los, etwas, das nicht gut ist.

Die Art, wie er einen ansieht, lässt mich frösteln.

Aber reicht das aus, um Alissa davon zu überzeugen, ihr Date abzusagen?

»Sei vorsichtig, okay?«

Alissa bricht in Gelächter aus. »Mit Milas? Ich weiß ja, von wem du diese Panik hast, aber das ist wirklich albern.«

Ich sehe in den Spiegel und mir schauen zwei große, grüne Augen entgegen. Alissas Bemerkung hat wehgetan. Ja, meine Mutter war panisch letzte Woche, weil ich zu spät nach Hause kam, aber das war schon schlimm genug. Alissa muss mich nicht auch noch mit ihr vergleichen.

Doch es gibt mir auch zu denken. Hat jeder diesen Eindruck von mir?

Erneut schaue ich in den Spiegel und sehe ein unscheinbares Mädchen. Alissa ist genau das Gegenteil, man muss sie einfach anschauen, ob man will oder nicht. Sky fällt ebenfalls auf mit seinen Piercings und den ausgefallenen Klamotten. Aber ich?

Ich werde nie vergessen, wie Sky sich am ersten Schultag vor Alissa und mich gesetzt hat.

»Er ist garantiert ein Drummer«, sagte Alissa. »Wollen wir wetten?«

Doch bevor ich überhaupt antworten konnte, hatte sie Sky schon auf die Schulter getippt.

»Spielst du Schlagzeug?«

»Jepp.« Sky sah Alissa eindringlich an. »Was spielst du? Oder bist du einfach nur so hübsch?«

Es war nur eine kleine Bemerkung, aber sie machte mich unsichtbar, so als wäre ich nicht mehr als Alissas Schatten. Und danach ist es immer wieder passiert. Warum lasse ich das zu? Ich habe den Blick gesehen, den Sky und Alissa gewechselt haben, als ich von der Idee mit dem Escape Room so begeistert war. Das haben sie nicht von mir erwartet. Die kleine, scheue Mina, die vor allem Angst hat. Doch diese Mina will ich nicht mehr sein. Der Escape Room fühlt sich wie ein Neubeginn an, aber dazu gehört auch ein neues Aussehen.

Ich nehme mein Haar am Hinterkopf zusammen und halte es hoch, wodurch mein Gesicht auf einmal ganz anders aussieht. Viel offener, so als wären die Vorhänge im Theater endlich aufgegangen.

Ich krame auf meinem Schreibtisch herum auf der Suche nach dem Schminkset, das mir meine Tante mal zum Geburtstag geschenkt hat.

Der grüne Lidschatten hat die gleiche Farbe wie meine Augen. Die unteren Lider betone ich mit dem Kajalstift, dann trage ich Wimperntusche auf.

Als ich einen Schritt zurücktrete und mich ansehe, erschrecke ich fast. Dieses Mädchen, das da jetzt im Spiegel zu sehen ist, ist vielleicht kein Supermodel, aber es ist definitiv auch nicht mehr unsichtbar.

Ein Energiestrom durchflutet mich, der stärker ist als die Angst, aufzufallen.

Das hier könnte ich sein – zumindest, wenn ich aufhöre, mich zu verstecken.

MILAS

Alissa wird jeden Moment hier sein.

Nach meinem Ausraster bei der Bank habe ich ihr eine Nachricht geschickt. Ich habe es nicht länger ausgehalten.

Ich will nicht bis morgen warten, ich will sie *jetzt* sehen.

Jolieke war überrascht, als ich ihr gesagt habe, dass jemand zum Abendessen kommt. Sie wollte wissen, wer es ist, und ich nannte ihr Alissas Namen.

»*Alissa?* Ist sie deine Freundin?«, fragte sie.

Ich schüttelte den Kopf. »Noch nicht.«

Jolieke lächelte. Ich glaube, sie war erleichtert. Sie wünscht sich nichts mehr, als dass ich mein Leben weiterlebe.

Es klingelt und mein Herz macht einen Satz.

Alissa ist da.

ALISSA

Obwohl ich es nicht will, denke ich den ganzen Weg zu Milas an das, was Mina gesagt hat. Warum hat sie mich vor ihm gewarnt? Vielleicht hätte ich mehr Fragen stellen sollen, andererseits hat Mina wie ihre Mutter ständig wegen irgendetwas Angst.

Während ich immer noch versuche, Minas Worte abzuschütteln, klingele ich an der letzten Tür des Laubengangs. Beinahe zeitgleich öffnet sich die Tür, in der Milas mit gerötetem Gesicht steht.

»Hey, da bist du ja! Komm rein.«

Ich folge Milas in die Wohnküche, wo mir eine Frau die Hand schüttelt. Sie ist jünger, als ich mir Milas' Mutter vorgestellt habe, aber sie sieht ihm sehr ähnlich. Beide haben das gleiche Lächeln – eines, das auch die Augen erreicht.

»Du bist also das Mädchen, wegen dem Milas eine Stunde in der Küche gestanden hat?«

Milas hat für mich gekocht? Ich lächele in mich hinein, und auch der letzte Nachhall dessen, was Mina gesagt hat, verschwindet spurlos.

Während Milas das Essen aus dem Ofen holt, sehe ich mich um. Die Wohnküche ist klein, aber gemütlich. In den Bücherregalen stehen Fotos, und mein Blick bleibt an dem Bild eines Mannes hängen, der genauso aussieht wie Milas. Das muss sein Vater sein.

Ein anderes Foto zeigt Jolieke mit einer Freundin in einem Café, beide haben riesige Eisbecher vor sich stehen.

»Ich liebe Nachtisch«, bemerkt Jolieke, die meinem Blick gefolgt ist.

Es gibt noch ein Bild von einem blonden Mädchen, das etwa in Fennas Alter ist, und ein paar, auf denen Jolieke und Milas zusammen zu sehen sind.

»Er sieht wirklich gut aus, was?« Jolieke klingt so stolz, dass ich lachen muss.

»Auf jeden Fall.«

Irgendwie ist es seltsam, hier zu sein, aber Jolieke gibt mir das Gefühl, willkommen zu sein. Es ist, als würden Milas und ich uns schon seit Monaten kennen.

Hinter uns stellt Milas die dampfende Auflaufform auf den Tisch. »Essen ist fertig.«

In Milas' Zimmer gibt es keine Fotos. Im Grunde befinden sich darin nur notwendige Dinge, kaum persönliche, abgesehen von einem Keyboard, das in einer Ecke steht.

»Du spielst?«, frage ich neugierig.

»Ein bisschen.« Milas setzt sich aufs Bett. »Mein Vater hat es mir geschenkt.«

»Wo ist dein Vater?«

»Tot.«

»Oh ...« Ich werde rot. »Ich ...«

»Das konntest du nicht wissen.« Milas' Gesichtsausdruck wird auf einmal hart, als würde er eine Maske tragen. »Oder?«

»Nein.« Am liebsten würde ich meine Worte zurücknehmen, um die jetzt entstandene unangenehme Stimmung zu vertreiben. Das gute Gefühl, das ich während des Essens hatte, ist wie weggeblasen.

»Wie ...« Ich wäge die Worte vorsichtig ab. »Wie lange schon?«

»Fast ein Jahr.« Milas sieht zu Boden. »Wir haben früher woanders gewohnt.«

Ich sehe mich um. Das erklärt, warum Milas' Zimmer so steril wirkt. Der Umzug ist wahrscheinlich noch nicht lange her.

Milas klopft neben sich aufs Bett. »Komm, setz dich zu mir.«

Mein Herz schlägt schneller, als ich mich neben ihm niederlasse. Es ist wie letzte Woche auf der Bank, auch dort saßen wir dicht nebeneinander, aber diesmal sind Mina und Sky nicht dabei.

»Komisch irgendwie.« Ich wage es nicht, ihn anzusehen. »Wir, hier, so nebeneinander.«

»Findest du?«

»Eigentlich nicht«, gebe ich zu. »Es fühlt sich sogar fast vertraut an.«

Einen Moment ist es still, und ich weiß nicht, was ich noch sagen soll. Der Sekundenzeiger auf der Uhr über Milas' Zimmertür bewegt sich langsam vorwärts.

»Dein Vater war krank, stimmt's?«, fragt er. Es ist, als hätte Milas mir ein Messer in den Bauch gerammt, so sehr erschrecke ich mich.

»Wo... woher weißt du das?«

Milas wird rot. »Ich habe die Dokumentation gesehen.«

Zwei Gefühle steigen fast gleichzeitig in mir auf. Zuerst bin ich verärgert, so als hätte Milas etwas gesehen, das nicht für seine Augen bestimmt war. Doch dann breitet sich ein warmes Gefühl in mir aus, denn es bedeutet, dass er mich gegoogelt hat. Wenn man meinen Namen eingibt, ist die Dokumentation der erste Treffer.

»Mein Vater hatte eine posttraumatische Belastungsstörung«, sage ich.

Milas nickt. »Das muss hart gewesen sein.«

Sky und Mina haben die Dokumentation auch gesehen, aber wir haben nie wirklich darüber gesprochen. Sky scheut zwar vor nichts zurück, aber er ist kein großer Redner. Und Mina hat mir nur immer wieder besorgte Blicke zugeworfen. Vielleicht hatte sie Angst, ich könnte jeden Moment zusammenbrechen.

Milas aber spricht es einfach an, als wäre es das Normalste auf der Welt. Und da er mir gegenüber in Bezug auf seinen Vater ehrlich war, will auch ich ihm gegenüber ehrlich sein.

»Meine kleine Schwester hat in der Zeit bei mir geschlafen, sie hatte zu große Angst alleine, weil mein Vater nachts oft im Schlaf anfing zu schreien. Als ich noch klein war, habe ich kaum schlafen können, wenn er bei der Arbeit war, und seit dem Unfall habe ich wieder Probleme damit. Jeden Tag habe ich …«

»Angst«, beendet Milas meinen Satz.

»Ja.« Ich sehe ihn an. In seinen hellblauen Augen

glitzert es wie von tausend kleinen Lichtern. »Ich habe noch nie mit jemandem darüber geredet.«

»Außer in der Dokumentation.«

»Stimmt.« Ich lächele. »Ich glaube, meine Freunde trauen sich nicht, mich darauf anzusprechen.«

»Das kenne ich.« Einen Moment fürchte ich, Milas' harter Gesichtsausdruck kehrt zurück, aber dem ist nicht so.

»Wie ist es mit deinen Freunden?«, frage ich.

»Ich habe keine.«

Zuerst glaube ich, Milas macht einen Scherz, aber er lächelt nicht.

»Kannst du Menschen nicht leiden?«

Milas zuckt mit den Schultern.

»Ich dachte, du hättest jede Menge Freunde.«

»Warum?« Milas deutet auf sein Gesicht. »Deswegen, oder?«

»Ja, schon«, gebe ich zu.

»Ich hasse es.«

Ich merke, wie ich lächele.

Milas seufzt. »Jeder, der mich kennenlernt, bildet sich sofort eine Meinung über mich. *Oh, ich wette, er ist arrogant. Oh, ich wette, er hat mehrere Freundinnen gleichzeitig.* Dabei hatte ich bisher nur eine einzige Freundin.«

MILAS

Warum nur habe ich davon angefangen? Ich könnte mich ohrfeigen, vor allem, als Alissa fragt: »Wie heißt sie?«

»Karlijn.«

Ihren Namen laut auszusprechen, ist, als wäre sie hier, nur für einen Moment.

»Wann habt ihr euch getrennt?«

Diesen Tag werde ich nie vergessen, aber ich tue so, als müsste ich darüber nachdenken.

»Im Januar.«

»Nachdem dein Vater …«

»Ja. Ich wollte nicht darüber reden und damit ist sie nicht klargekommen.«

Doch so war es gar nicht. Das Problem war, *dass* ich darüber geredet habe. Und ich die Dinge, die ich gesagt habe, nicht zurücknehmen konnte.

Ich weiß noch genau, wie Karlijns Vater vor unserer Wohnungstür stand, kurz nachdem sie weggelaufen ist. Er schrie mich an, ich solle mich von seiner Tochter fernhalten und dass er mich eigenhändig zur Polizei bringen würde, sollte ich jemals wieder versuchen, sie zu treffen.

Gott sei Dank war Jolieke in dem Moment nicht zu Hause.

»Was ist mit dir?«, frage ich schnell. »Irgendwelche Ex-Freunde?«

»Nicht wirklich.« Alissa wird ein wenig rot. »Jungs wollen von mir meistens nur das Eine.«

»Sex«, sage ich. »Verstehe ich, du bist sehr hübsch. Aber du bist noch mehr als das.«

Alissa nickt vorsichtig. Ich glaube, das Piercing in ihrer Nase ist neu. Meine Augen heften sich immer wieder auf diese Stelle in ihrem Gesicht – und dann wandern sie automatisch weiter nach unten zu ihrem Mund.

Ich will sie küssen.

Die Haut unter ihrem Ohr, ihren Nacken, ihren Bauch …

Was würde sie tun, wenn ich mich zu ihr beugen würde? Vielleicht ist es zu schnell, zu viel. Der Abend ist bisher gut gelaufen, ich will ihn jetzt nicht kaputtmachen.

Aber dann küsst sie mich.

In meinem Bauch explodiert etwas, als ich sie zu mir ziehe und ihre weiche Zunge an meiner spüre. Sie küsst so ganz anders als Karlijn.

Karlijn ... Wenn Alissa wüsste, was ich getan habe, würde sie mich nicht küssen.

Schnell schiebe ich den Gedanken beiseite. Die Vergangenheit liegt hinter mir.

Alissa greift mit einer Hand in mein Haar, was mich sofort auf mein altes Bett in meinem alten Zimmer katapultiert. Karlijn hat das auch oft gemacht, und jedes Mal habe ich eine Gänsehaut bekommen, was sie zum Lachen brachte.

Reflexartig weiche ich zurück.

Weitere Bilder und Geräusche schießen mir durch den Kopf. Die knarrende Treppe, die immer verraten hat, wenn Karlijn versuchte, sich morgens rauszuschleichen, weil wir nicht wollten, dass meine Eltern merken, wenn sie über Nacht bei mir geblieben war. Die Abende, an denen mein Vater mir geduldig die Schachregeln ein zehntes Mal erklärt hat, um mir das Spiel beizubringen.

»Was ist los?« Alissas Gesicht ist so nah an meinem, dass ich sie kaum richtig sehen kann. »Magst du es nicht, wenn ich dein Haar anfasse?«

Mein Hals ist so trocken, als hätte ich stundenlang nichts mehr getrunken.

Alissa lächelt. »Meine Brüder mögen das auch nicht. Koen wird richtig wütend, wenn ich ihm durch die Haare wuschele. Und meinem Vater sind seine Haare heilig, obwohl er fast eine Glatze hat.«

Mein Vater hatte genauso dunkelbraune Haare wie ich. Ich sehe ihm sehr ähnlich, jedes Mal, wenn ich in den Spiegel gucke, ist es, als blicke er mir entgegen. Und dann trifft es mich wie ein Schlag, dass er irgendwo unter der Erde liegt. Ich sehe ihn zwar jeden Tag in mir, aber das bringt ihn nicht zurück.

Ich will nicht, dass Alissa über ihren Vater redet, denn dann muss ich an meinen denken.

»Komm her«, sage ich und ziehe sie wieder dicht an mich heran.

Ich will sie so lange küssen, bis das ungute Gefühl verschwunden ist. Und selbst dann möchte ich nicht aufhören.

Gerne würde ich daran glauben, dass wir es zusammen schaffen könnten, zumindest für diesen Moment.

ALISSA

Zum ersten Mal seit der Krankheit meines Vaters habe ich wirklich darüber geredet. Milas hat mich darauf angesprochen und ich habe ihm geantwortet, so einfach war das. Warum haben Sky und Mina es nie versucht?

Den ganzen Heimweg über bin ich in Gedanken versunken. Ich habe Milas geküsst.

Ich habe nicht lange darüber nachgedacht, sondern es einfach getan. Zuerst hatte ich Angst, er würde mich wegstoßen, aber dann hat er mich richtig an sich gezogen. Wir haben uns geküsst, als hätten wir schon ewig darauf gewartet.

Mit ihm kommt mir alles so einfach vor – ich werde zu einer Person, die ich nicht wiedererkenne, aber die ich mag.

Sei vorsichtig, okay?

Aber warum eigentlich? Das einzig Beängstigende

war Milas' Gesichtsausdruck, als er über seinen Vater gesprochen hat. Doch was kann man auch anderes erwarten? Wenn mein Vater sterben würde, wäre ich verrückt vor Trauer. Ich wüsste nicht, ob ich überhaupt darüber reden könnte. Es fällt mir ja schon schwer genug, über seine Krankheit zu sprechen.

Es ist dunkel im Haus, als ich die Tür hinter mir schließe. Alle schlafen schon. Ich gehe ins Wohnzimmer, denn für mich ist noch nicht an Schlaf zu denken, ich bin viel zu aufgedreht wegen des Kusses. Morgen schon sehe ich Milas wieder, aber es fühlt sich wie eine Ewigkeit an.

In der Dunkelheit erkenne ich die Umrisse einer Person auf dem Sofa, es ist also doch noch jemand wach.

»Paps?« Ich schalte das kleine Licht beim Fernseher an. »Was machst du hier im Dunkeln?«

Ich nehme die Situation in mich auf, die unberührte Schüssel voll Chips auf seinem Schoß und den abwesenden Blick.

Mein Herz beginnt zu rasen.

Das erinnert mich an …

Soll ich meine Mutter holen? Aber dann würde das Ganze von Neuem beginnen und ihr besorgter

Blick war fast noch schwerer zu ertragen als der leere meines Vaters.

»Ich habe nur nachgedacht.« Die Worte meines Vaters sind klar und deutlich zu verstehen, was mich sehr erleichtert. Als er krank war, klang er immer, als spräche er von weit weg.

»Worüber?«

»Komm her und setz dich zu mir.« Er legt einen Arm um mich. Wir spiegeln uns im dunklen Fernsehbildschirm – er trägt noch seine Feuerwehruniform und ich meinen Mantel.

Dann fängt er an zu erzählen. »Ein Mädchen in deinem Alter hat heute Abend schwere Verbrennungen erlitten. Sie wollte mit ein paar Freunden ein Feuer machen, das außer Kontrolle geraten ist. Jemand hat die hohen Flammen gesehen und uns gerufen. Ich habe kurz mit ihr gesprochen, bevor sie in den Krankenwagen gehoben wurde.«

»Was hat sie gesagt?«

»Sie hat sich bedankt. Ich glaube, sie war ein bisschen high wegen des Adrenalins. Sie hat gesagt, ich wäre ein Held.«

»Genau das bist du ja auch«, sage ich.

Mein Vater zuckt leicht zusammen, und sofort bereue ich meine Antwort, denn ich weiß, dass er nun daran denkt, was letztes Weihnachten passiert ist. Das kleine Mädchen, das bei dem Brand damals gestorben ist, war so alt wie Fenna jetzt. In jener Nacht wurden vier Leben ausgelöscht.

Vorsichtig sehe ich ihn an. Glaubt er immer noch, es wäre seine Schuld gewesen? Die Untersuchungen damals haben bewiesen, dass er nichts hätte tun können. Wäre er noch einmal ins Haus gegangen, hätte ich jetzt keinen Vater mehr – so wie Milas.

»Papa?« Fenna steht im Türrahmen. Als sie uns beide hier sitzen sieht, verdunkelt sich ihr Gesicht. »Weinst du?«

Mein Vater schüttelt den Kopf. »Nein, meine Süße. Ich weine nicht.«

»Ich bringe sie ins Bett«, sage ich und stehe schnell auf. Das Letzte, was ich will, ist, dass Fenna sich Sorgen macht.

Doch als sie sich hinlegt, sieht sie mich verängstigt an.

»Papa ist wieder unglücklich, oder?«

Mein Herz zerspringt in tausend Stücke.

X

Morgen.

HIER

SCHLIESST

SICH

DIE

TÜR

SKY

»Sky!«

Diese Woche bin ich Caitlin in der Schule so gut es ging aus dem Weg gegangen, aber jetzt holt sie mich mit dem Rad ein.

»Was machst du heute Abend?«

»In einen Escape Room gehen«, sage ich. »Mit Mina, Alissa und Milas.«

Alissa und Milas. Ich hatte drei Albträume diese Woche und alle drei endeten mit einem Kuss zwischen den beiden. Beim Gedanken daran, nachher von acht bis neun mit ihnen in einem Raum eingeschlossen zu sein, wird mir schlecht. Was tue ich nur, wenn sie die ganze Zeit miteinander flirten? Allein die Vorstellung macht mich ganz verrückt.

»Cool!« Caitlin sieht mich von der Seite an. »Kann ich auch mitkommen?«

Ich könnte so tun, als dürften nicht mehr als vier

Personen daran teilnehmen, aber was, wenn sie nachschaut, ob das stimmt? Nein, mir muss was Besseres einfallen.

»Klar kannst du. Ich bin vorher noch bei der Arbeit, aber wenn du so gegen neun vor dem Escape Room bist, sind wir auch da.« Was keine richtige Lüge ist. Wir *werden* da sein, nur dass wir dann bereits wieder gehen und nicht erst ankommen. Ich sage ihr einfach, ich hätte die Zeit verwechselt. Oder sie.

ALISSA

Mein Vater sieht mich überrascht an, als ich mit Mantel bekleidet ins Wohnzimmer komme. »Wo gehst du hin?«

»Zu einem Escape Room.« Ich sehe auf die Uhr. »Bin schon spät dran.«

»Aber du solltest heute auf Fenna aufpassen.«

Mist. Das habe ich total vergessen.

»Können das nicht Koen oder Ruben übernehmen?«

»Die sind in die Stadt gegangen. Deine Mutter ist bei Janet und ich muss gleich los zur Arbeit.«

Ich sehe auf seine Uniform. Warum sucht er sich nicht einen anderen Job? Irgendeinen langweiligen Bürojob zum Beispiel, dann wüsste ich, dass er abends sicher nach Hause kommt.

»Meine Freunde rechnen mit mir. Kann Fenna nicht alleine bleiben?«

»Sie ist neun, Alissa.« Mein Vater seufzt. Heute Morgen war er auch schon schlecht drauf, wahrscheinlich hat er letzte Nacht nicht genug geschlafen. Ich habe gehört, wann er ins Schlafzimmer gegangen ist, und da lag ich bereits seit Stunden wach im Bett.

»Heute kann ich wirklich nicht. Morgen wäre kein Problem, aber Mina wird jeden Moment hier sein.«

Mein Vater schüttelt den Kopf. »Du bleibst hier. Es war so besprochen.«

Tränen der Wut schießen mir in die Augen. »Dein bescheuerter Job!«

»Wie bitte?« Auf einmal klingt er wie Minas Mutter. Normalerweise ist er nicht so streng, und jedes Mal, wenn er es versucht, fängt er doch an zu lachen. Aber diesmal nicht. Fenna hat recht, er verändert sich wieder.

Ich glaube nicht, dass ich das Ganze noch einmal durchstehe.

»Immer bist du bei der Arbeit«, schreie ich ihn an. »Ich hasse das!«

Sein Gesicht verdunkelt sich. »Alissa …«

Ich kann nicht aufhören. Die Worte, die ich monatelang heruntergeschluckt habe, sprudeln nur so aus mir heraus.

»Du bist derjenige, der zu Hause bleiben sollte,

nicht ich. Du gehst jeden Abend weg und denkst, es ist okay. Ist es aber nicht. Weißt du überhaupt, was für Sorgen ich mir mache? Und nicht nur ich. Fenna schläft in meinem Bett, weil sie Angst um dich hat. Jede Nacht weint sie sich in den Schlaf. Sie ist nicht *meine* Tochter, Paps, sie ist deine. Also verhalt dich gefälligst auch wie ein Vater!«

X

Wo bleibt ES?

Mina

Irgendetwas stimmt nicht. Alissa radelt viel schneller als sonst. Ich würde sie gerne fragen, warum, aber ihren schnippischen Kommentar neulich habe ich nicht vergessen. Womöglich behauptet sie wieder, ich wäre panisch, und dann würde ich wahrscheinlich in Tränen ausbrechen.

Sie hat nichts weiter dazu gesagt, und ich habe sie nicht gefragt, wie der Abend bei Milas war.

Meinen Eltern habe ich erzählt, dass wir heute einen Filmabend bei Alissa machen. Das fühlte sich nicht gut an, aber sie mögen so etwas wie Escape Rooms nicht und hätten sich nur aufgeregt. Wären *panisch* geworden.

Alissa sagt auf dem Weg in die Stadt kein einziges Wort. Vermutlich hat sie nicht einmal bemerkt, dass ich zum ersten Mal in meinem Leben Make-up trage.

SKY

Irgendetwas ist anders.

Mina und Alissa reden nicht miteinander, als sie mit dem Rad ankommen. Mina ist geschminkt und hat ihre Haare zusammengebunden. Sie sieht ganz anders aus als sonst.

»Steht dir gut«, sage ich, als sie ihr Rad anschließt.

Mina wird rot. »Danke.«

Schließlich fährt Milas mit dem Roller vor. Er winkt mir kurz zu und beugt sich dann zu Alissa.

Einen Moment lang glaube ich, sein Kuss landet auf ihrer Wange, doch dann küsst er sie auf den Mund.

Sie verschmelzen miteinander wie flüssiges Edelmetall.

Wie habe ich jemals glauben können, ich hätte eine Chance?

»Sollen wir reingehen?« Minas Vorschlag bringt

die beiden dazu, sich voneinander zu lösen. Ich versuche, mich zusammenzureißen, aber mein Körper scheint langsam zu zerbröckeln. All meine Hoffnung ist dahin.

Mina zieht die Holztür auf und wir betreten einen langen, dunklen Flur. Das einzige Licht kommt von Teelichtern, die in gemauerten Nischen in der Wand stehen.

In der Mitte des Flurs befindet sich ein Wartezimmer mit Jukebox und zwei verschlissenen Sofas. Auf einer Holzkiste, die als Beistelltisch dient, liegen Flyer des Escape Rooms.

Das Adrenalin, das ich verspürte, als ich den Flyer zum ersten Mal gelesen habe, kehrt zurück. Ich muss mich konzentrieren und darf mir von den beiden nicht den Abend verderben lassen.

»Wo sind die Leute, die hier arbeiten?«, frage ich Mina, aber in dem Moment höre ich eine Stimme hinter mir.

»Guten Abend.« Eine junge Frau, kaum älter als wir, mit wasserstoffblondem Haar, streckt mir die Hand entgegen. »Ich bin Cleo vom Escape Room.«

X

Auf diesen Moment habe ich mehr
als zehn Monate gewartet.
Und jetzt steht ES vor mir,
in Fleisch und Blut.
Wir schütteln uns die Hände.
ES hat keine Ahnung, wer ich bin.
Ich muss meine ganze Kraft aufbringen,
um ES nicht anzustarren.
ES ist nur ein Spieler, so wie die anderen drei.

ALISSA

Ich schüttele Cleos Hand, aber ich sehe sie kaum an. Meine Gedanken sind bei meinem Vater und dem, was ich zu ihm gesagt habe.

Warum hat er nicht darauf reagiert? Ich bekomme ein schlechtes Gewissen und das macht mich noch wütender.

Mina muss gemerkt haben, dass etwas nicht stimmt, aber sie hat mich nicht gefragt, was los ist. Stattdessen fuhr sie einfach nur neben mir her und sah komplett anders aus als sonst. Es ist nicht zu übersehen, dass sie sich geschminkt hat, aber ich weiß nicht, was ich davon halten soll. Ich mochte es, dass sie immer sie selbst war und nie versucht hat, jemand anderes zu sein.

»Ich kenne dich«, höre ich Mina zu Cleo sagen. »Du warst letzte Woche im Park joggen.«

»Kann sein.« Cleo guckt in die Runde. »Soll ich euch das Prinzip des Spiels noch mal erklären?«

Dann erzählt sie so viel, dass ich mir nur die Hälfte davon merken kann. Was ich mitbekomme, ist, dass wir Hinweise kaufen können, falls wir nicht alleine wieder herausfinden, und dass sie das, was im Inneren des Escape Rooms passiert, auf einem Bildschirm verfolgt.

»Wo liegt der Rekord?«, fragt Sky.

»Bei fünfunddreißig Minuten und dreizehn Sekunden«, sagt Cleo, ohne nachsehen zu müssen. »Für jeden Hinweis, den ihr kauft, wird Zeit dazugerechnet. Aber glaubt mir, Anfänger brauchen oft ein bisschen Hilfe.«

Unsere Sachen müssen wir in einem Schließfach lassen, und ich fühle mich seltsam nackt, als wir einen langen Flur entlang in Richtung Escape Room gehen.

Cleo bleibt vor einer Stahltür stehen, die aussieht, als wäre sie eine Gefängnistür mit einer Luke darin, durch die den Insassen Essen gereicht wird.

»*Happy Family* wartet hinter dieser Tür. Viel Glück.«

Plötzlich wird mir klar, auf was wir uns da einlassen. Wir werden tatsächlich eine Stunde lang eingeschlossen und müssen versuchen, auszubrechen.

Was, wenn es darin keine Toilette gibt? Ich könnte jetzt schon eine gebrauchen.

Cleo zieht die Tür auf, und Sky betritt den Raum, dicht gefolgt von Mina. Milas geht hinterher, doch ich bleibe, wo ich bin.

»Stimmt etwas nicht?«, fragt Cleo.

Ich weiß nicht, warum ich nicht weitergehe, es ist, als würden meine Beine sich weigern.

Habe ich Angst? Ich mag enge Räume nicht. Als ich bei Milas war, bin ich freiwillig die Treppen gelaufen statt mit dem Fahrstuhl zu fahren, und zu Hause lasse ich die Tür immer einen kleinen Spalt offen, wenn ich auf der Toilette sitze.

Milas hält mir eine Hand entgegen. »Alissa?«

Er muss mich für eine Idiotin halten. Mina ist schon drinnen. Wenn sie das kann, dann kann ich das auch!

»Du hast dir gerade erst die Nase piercen lassen, ich finde, das erfordert viel mehr Mut«, höre ich Cleo sagen.

Dann lasse ich mich von Milas hineinziehen.

Der Raum ist ganz anders, als ich erwartet habe. Wir befinden uns im Behandlungszimmer einer Arztpraxis.

Hinter mir fällt die Tür ins Schloss und die Uhr an

der Wand beginnt zu laufen. Neunundfünfzig Minuten und neunundfünfzig Sekunden. Der Escape Room hat begonnen.

X

Ich habe es geschafft.
Ich kann ES auf dem Bildschirm sehen.
Endlich ist es so weit.
Lass das Spiel beginnen.

DAS
SPIEL
BEGINNT

SKY

Ich sauge jedes Detail des Raums in mich auf. Wie schon der Flyer versprochen hat, ist das Behandlungszimmer tatsächlich superrealistisch. In der Mitte des Raums steht ein Schreibtisch aus dunklem Holz, ein Teppichläufer liegt auf dem Boden, und zwei riesige Bücherregale, die bis hoch zur Decke reichen, befinden sich hinten an der Wand. Das anatomische Modell eines Menschen ist ebenfalls vorhanden. So eines haben wir auch im Biologieunterricht, es zeigt innere Organe, die man dem Modell entnehmen und wieder einsetzen kann. Doch dieses hier ist leer.

An einer Wand hängt eine Tafel, auf der vier Namen stehen, und darunter gibt es jeweils noch eine leere Zeile. Vermutlich müssen wir in diese Zeile etwas eintragen.

Auf der anderen Seite des Raums steht ein großes

Sideboard an der Wand, das mit zwei Schlössern gesichert ist.

Wo sollen wir anfangen?

Ich schaue mich weiter um und entdecke in jeder Ecke des Raums eine Kamera. Cleo hat ja gesagt, dass sie uns auf einem Bildschirm beobachtet. Außerdem hat sie vorhergesagt, dass wir Hinweise brauchen werden, aber das will ich so lange wie möglich hinauszögern. Und ihr vielleicht auch das Gegenteil beweisen.

»Okay.« Zu meiner Überraschung übernimmt Mina die Führung. »Wir sehen uns jetzt fünf Minuten lang um und legen alles, was wir finden, auf den Tisch.«

Sie zieht eine Mappe unter dem Teppichläufer hervor. »Hier.«

Es scheint, als hätte das Make-up sie auch im Inneren verändert, denn sie sucht wie wild den Raum ab.

Ich nehme jedes Buch einzeln aus den Regalen und sehe ein paar durch, finde aber nichts Interessantes.

»Das gehört bestimmt in das anatomische Modell.« Mina kommt mit einer Plastiklunge in der Hand zu mir.

»Wo hast du die denn gefunden?«, frage ich erstaunt.

»Sie war in der Manteltasche.« Mina zeigt zur Tür, wo ein Kleiderständer steht, an dem ein Trenchcoat hängt. »Glaubst du, wir müssen alle Organe finden?«

»Sieht so aus.«

In dem Moment stößt meine Hand gegen etwas Hartes hinter einer Reihe Bücher. Ich hole es hervor und sehe, dass es eine Plastikniere ist. Das hier ist ein bisschen wie früher, als ich im Garten Ostereier gesucht habe. Jedes Mal, wenn ich die glänzende Folie erspähte, kribbelte es vor Aufregung in meinem Bauch.

Ein paar Minuten später liegen alle Organe auf dem Tisch. Ein makabres Stillleben.

Mina setzt die Organe nacheinander in das Modell, und es ist offensichtlich, wer von uns vieren im Biounterricht am besten aufgepasst hat, denn sie macht keinen einzigen Fehler.

Als Letztes platziert sie das Herz an die richtige Stelle. Ein Klicken ist zu hören und der Mund des Modells öffnet sich, auf der Zunge liegt ein silberner Schlüssel. Adrenalin schießt durch meinen Körper.

»W-wow …«, stammele ich. »Wie cool.«

»Das ist ein Schlüssel vom Sideboard.« Mina öffnet das erste Schloss. »Aber wir brauchen auch den zweiten.«

Während Milas und ich noch einmal die Bücher durchblättern, sucht Mina den ganzen Raum ab, angefangen bei den hohlen Stuhlbeinen bis hin zu der Tafel an der Wand.

Als ich beim letzten Buch angekommen bin, lege ich es seufzend auf den Tisch. Nichts.

Wir haben überall geguckt, wo soll der Schlüssel nur sein?

»Da oben.«

Wir drei drehen uns gleichzeitig um. Seit wir hier drin sind, hat Alissa sich kaum gerührt, aber jetzt zeigt sie auf etwas über meinem Kopf.

ALISSA

Ich weiß, dass ich helfen sollte, aber ich kann nicht. Seit die Tür ins Schloss gefallen ist, habe ich das Gefühl, etwas Schweres drückt auf meine Brust.

So ist es also, wenn man eingesperrt ist.

Ich muss ruhig bleiben, aber die vier Wände scheinen immer näher zu kommen. Dass ich mich in kleinen Räumen nicht wohlfühle, weiß ich, doch das hier ist so viel schwerer, als ich dachte.

Ich sehe zu Mina, die wie wild den Raum absucht.

Erst vor Kurzem wollten Mina, Sky und ich zum Jahrmarkt gehen, aber sie hat in letzter Minute abgesagt. So ist meine beste Freundin. Auch zu Schulausflügen musste ich immer ohne sie gehen.

Doch dieser Escape Room scheint ihr Flügel zu verleihen. Es ist fast so, als hätte sie zuvor die Dinge nicht wichtig genug gefunden, um mitzumachen.

Auf der Jagd nach dem zweiten Schlüssel sehe

ich mich um. Meine Freunde haben bereits alles abgesucht, aber von dort, wo ich stehe, kann ich ein Buch oben auf dem Regal liegen sehen. Für die anderen ist es nicht sichtbar.

»Da oben«, sage ich und zeige hinauf.

Milas stellt einen Fuß in das unterste Regalbrett und schafft es, an das Buch heranzukommen. Es ist ein medizinisches Handbuch, und im Kapitel über Brandwunden ist eine Art kleines Fach ausgeschnitten, in dem ein silberner Schlüssel liegt.

»Super beobachtet«, sagt Milas zu mir, während Mina das zweite Schloss im Sideboard öffnet.

Es befinden sich vier Medikamentenschachteln darin, die Mina zu der Tafel an der Wand bringt.

»Wir müssen die Medikamente jeweils der richtigen Person zuordnen.«

Ich kann Mina oft nicht folgen, weil sie so klug ist. Meistens schreibe ich mir ihre Notizen vom Unterricht ab, denn die sind immer richtig.

»Mama?«

Plötzlich ist eine Mädchenstimme zu hören, so deutlich, als würde das Mädchen hinter mir stehen. Ich wirbele herum, aber da ist niemand. Klar, die Stimme kommt aus dem Lautsprecher, der neben einer der Kameras befestigt ist.

»*Mama*«, sagt die Stimme erneut. »*Spielst du mit mir?*«

Ich bekomme eine Gänsehaut. Dieser Escape Room ist wirklich superrealistisch. Ich sehe zu den anderen. Mina hört aufmerksam zu, Sky starrt mit offenem Mund zum Lautsprecher und Milas runzelt die Stirn.

»*Ich habe gerade keine Zeit, Liese*«, antwortet eine Frauenstimme.

»*Warum nicht?*«

»*Ich arbeite. Frag Papa.*«

Es sind Schritte zu hören und eine Tür, die auf- und wieder zugemacht wird. Dann ist es still, nur die Uhr an der Wand tickt weiter vor sich hin. Bisher sind erst etwas über sechs Minuten vergangen.

»Was war das denn?«, fragt Sky.

Mina lächelt triumphierend. »Das also ist die Geschichte dieses Escape Rooms. Jetzt wissen wir, warum es *Happy Family* heißt. Es geht um eine Familie mit einer Tochter und die Mutter ist wahrscheinlich Ärztin.«

Mina kapiert mal wieder alles etwas schneller als wir anderen.

»Die Stimmen sollen uns bestimmt nur ablenken«, sage ich. »Der Name des Spiels hat keine Bedeutung.«

»Ich glaube schon …«, entgegnet Mina, denn sie denkt immer, sie wisse es besser. Sie hat ja auch geglaubt, sie würde Milas besser kennen als ich, hat mich sogar vor ihm gewarnt. Was hat sie sich nur dabei gedacht?

»Ich nicht.« Ich nehme ihr die Medikamentenschachteln aus der Hand. »Lasst uns weitermachen.«

Mina greift nach der Mappe, die sie als Allerserstes gefunden hat. »Die Diagnosen der Patienten stehen hier drin. Marijke van Hillegom leidet zum Beispiel unter Panikattacken. Wir müssen also das passende Medikament dagegen finden.«

Panikattacken.

Ich sehe meinen Vater vor mir, wie er in seinem Bett sitzt. Einmal habe ich den Fehler gemacht und bin in das Schlafzimmer meiner Eltern gegangen, als er schrie. Er fuchtelte wie wild mit den Armen herum, so als würde ihn jemand angreifen. Meine Mutter rief, ich solle gehen, aber ich stand wie erstarrt im Türrahmen.

»Diazepam«, murmele ich.

Mina sieht mich überrascht an. »Was hast du gesagt?«

Habe ich das wirklich laut ausgesprochen? Ich will hier nicht darüber reden, aber Mina hält eine

Schachtel hoch, auf der in Großbuchstaben *Diazepam* steht.

»Woher weißt du das?«

Mein Vater hatte solche Pillenpackungen auf seinem Nachttisch stehen. Das Medikament hat ihn zwar ruhiger werden lassen, aber er war davon auch wie benommen, so als wäre er irgendwo in sich drin gefangen und käme nie wieder heraus.

Damals wollte ich mit meinen Freunden darüber reden, doch sie haben mich nie gefragt. Auch heute, als ich mit rot geschwollenen Augen aus unserem Haus kam, sagte Mina kein Wort. Sie hat Milas grundlos beschuldigt, aber über meinen kranken Vater spricht sie nicht mit mir. Warum nicht?

»Das habe ich mal irgendwo gelesen.«

MILAS

Ich sehe zu dem Lautsprecher hoch, aus dem gerade die Stimmen gekommen sind. Die Mädchenstimme traf mich bis ins Mark, es war, als wäre sie hier im Raum.

Was steht uns noch bevor?

»Wie lautet denn nun der Code?«, fragt Sky und fummelt am zweiten Schloss des Sideboards herum. Die Medikamentenschachteln haben wir den jeweiligen Patienten zugeordnet, aber das war noch nicht des Rätsels Lösung.

»Vielleicht sind es die ersten Zahlen der Barcodes?«, schlägt das eine Mädchen vor.

»Nein, Mina, sind sie nicht«, sagt Sky kurze Zeit später.

Mina seufzt. »Wir müssen einen Hinweis kaufen, es dauert sonst zu lange.«

Mina, so heißt sie also. Seit wir hier sind, hat sie

mich schon ein paarmal angesehen – oder besser angestarrt. Ich kann es nicht leiden, wenn jemand das tut, denn es erinnert mich an den Psychologen, zu dem Jolieke mich geschleppt hat.

Sie glaubte, dass es mir guttun würde, aber es hat nicht funktioniert. Der Psychologe konnte mit meinen Halbwahrheiten nichts anfangen. Ich lasse niemanden an mich heran, nicht wirklich.

Aber wie ist es mit Alissa? Gestern in meinem Zimmer habe ich ihr mehr erzählt, als ich eigentlich wollte. Sie kam mir gefährlich nah, aber es hat sich auch gut angefühlt. So, als wäre ich weniger allein.

»Okay, lasst uns einen Hinweis kaufen.« Widerstrebend reicht Sky mir eine dafür vorgesehene Münze.

Ich werfe sie in die Öffnung des Automaten, der sich neben der Tür befindet und dessen Funktion Cleo uns vorhin noch erklärt hat, bevor sich die Tür schloss. Zunächst einmal passiert nichts, doch dann rumpelt es und ein Plastikball rollt die kleine Rutsche hinunter. Schnell fange ich ihn auf.

Mein Herz beginnt zu rasen. Der Ball erinnert mich an diese kleinen Plastikbehältnisse in Überraschungseiern. Als ich klein war, hat mein Vater mir manchmal welche gekauft, und jedes Mal war ich viel zu aufgeregt, um sie aufzubekommen. Mein Vater hat mir nie gleich geholfen, sondern mich erst fünf Minuten schwitzen lassen. Doch die Freude war umso größer, wenn er den kleinen Ball dann schließlich doch für mich öffnete.

Tränen brennen mir in den Augen. Wie nur schafft es so ein kleiner Ball, eine derartige Erinnerung hervorzubringen?

»Was ist drin?« Alissas Stimme bringt mich zurück in den Escape Room.

Ich spüre, dass Mina mich schon wieder beobachtet. Warum starrt sie mich so an? Glaubt sie, ich würde das nicht merken?

Nervös drehe ich den Ball auf und lese die kleine Notiz darin laut vor:

Es geht dabei nicht um das Wehweh,
sondern das ABC.

Ich verstehe nicht, was das heißen soll, aber Minas Augen weiten sich.

»Das Alphabet, natürlich! Dieses Chiffre-Spiel von früher. A steht für 1, B für 2 und so weiter. Diazepam steht also für die Zahl 4 und die andern

Medikamente …« Mina schaut auf die Schachteln. »Der Code ist 6942.«

Niemand scheint richtig zu verstehen, wie sie auf den Code gekommen ist, aber als Sky ihn eingibt, springt das zweite Schloss am Sideboard tatsächlich auf.

»Und jetzt haben wir … das hier.« Sky hält eine Kurbel hoch. Sie sieht aus wie eine, mit der man eine Markise aus- und einfahren kann.

»Was sollen wir denn damit machen?« Alissa seufzt. Sie ist von dem Ganzen hier weniger begeistert als ihre beiden Freunde. Vorhin habe ich wirklich gedacht, dass sie draußen bleibt, ich musste sie regelrecht über die Türschwelle ziehen.

»Ich glaube, es passt hier hinein.« Mina deutet auf ein Loch in der Seitenwand des rechten Bücherregals.

Sky steckt die Kurbel hinein und beginnt, sie zu drehen. Zuerst sind nur knackende Geräusche zu hören, doch dann schwingt die Hinterwand des Regals zur Seite, inklusive eines gerahmten Zertifikats über einen erfolgreich belegten Erste-Hilfe-Kurs.

MINA

Vor uns liegt ein langer, schlecht beleuchteter Gang. Eine einzelne Glühbirne hängt von der Decke und ich erkenne drei Türen.

Drei neue Escape Rooms.

Das bedeutet, es gibt drei weitere Räume voller Rätsel und das damit verbundene Suchen nach Lösungen.

Heimlich sehe ich zu Milas hinüber. Mein Bauch tut nicht mehr so weh wie gestern, aber es fühlt sich so an, als würde der Schmerz jeden Moment zurückkehren.

Eben hat er sich mit dem Ball ziemlich merkwürdig verhalten, es sah fast so aus, als würde er in Tränen ausbrechen. Haben Alissa und Sky das auch bemerkt?

Sky probiert gerade, die rechte Tür und die uns gegenüberliegende zu öffnen, aber beide sind verschlossen. Bei der Tür zur Linken aber hat er Erfolg.

Es ist ein typisches Mädchenzimmer mit hellen, bunten Lichtern, einer Discokugel an der Decke und einem Hochbett. Ein Paar Ballettschuhe hängen am Spiegel des Schminktischs.

»Das muss Lieses Zimmer sein.« Die Puzzlestücke in diesem Escape Room fügen sich auf eine Weise zusammen, die richtig süchtig macht. Schade, dass wir nur sechzig Minuten Zeit haben, denn ich könnte das alles hier ewig durchforsten.

»Wonach sollen wir jetzt suchen?«, fragt Sky.

Es gibt nirgendwo Schlösser in dem Raum, alles ist offen, inklusive der Schubfächer des Schminktischs, die man ohne Weiteres aufziehen kann.

»Hier muss irgendwo ein Schlüssel zu einem der anderen Räume sein«, sage ich und lasse meinen Blick erneut durch das Zimmer schweifen.

Dann, diesmal ohne es zu wollen, trifft mein Blick auf Milas'. Seine Augen bohren sich in meine und ich fühle einen Schmerzstich im Bauch. Ich will wegsehen, aber es scheint, als hätten sich unsere Blicke ineinander verhakt.

»Mama? Wo sind meine Ballettschuhe?«

Lieses Stimme lässt Milas zusammenzucken und er bricht den Augenkontakt ab.

»An deinem Spiegel, Süße!«

»Und mein Puder?«

»Da, wo es immer ist«, sagt eine Männerstimme. Dann ist es wieder still. Cleo lässt uns jedes Mal bloß einen Teil der Gespräche hören.

»Ist das hier nur eine Ablenkung?«, fragt Sky und sieht uns alle an.

»Würde ich sagen.« Alissa fährt sich mit einer Hand durch die Haare. Sie ist nervös, vor allem seit der Sache mit dem Diazepam. Ohne nachdenken zu müssen, hat sie es dem richtigen Patienten zugeordnet. Zwar hat sie behauptet, davon irgendwo gelesen zu haben, aber ich bin mir sicher, ihr Vater hat das Medikament letztes Jahr verschrieben bekommen.

Ich habe mir die Dokumentation, in der Alissa zu sehen ist, anderthalb Mal angesehen. Beim ersten Mal habe ich kaum etwas von dem, was sie dort sagt, mitbekommen, und beim zweiten Mal wurde mir so schwindelig, dass ich die Sendung ausschalten musste, bevor sie vorbei war.

Das Mädchen auf dem Bildschirm war eine ganz andere Person als die Alissa, die ich kenne.

Warum hat sie sich mir gegenüber noch nie von dieser verletzlichen Seite gezeigt? Was soll ich deswegen unternehmen?

Ich habe mich nicht getraut, sie auf ihren Vater anzusprechen, doch ich war hin- und hergerissen.

Alissa wirkt immer so stark, aber ich habe ihren Schmerz gespürt. Ich konnte damals nicht aufhören zu weinen und hatte andauernd Kopfschmerzen. Es war *ihre* Traurigkeit, aber sie hat nicht darüber gesprochen.

Wenn sie mir nur ein Mal gezeigt hätte, dass es ihr schlecht ging, dann hätte ich sie darauf angesprochen, aber sie tat es nicht. Sie blieb einfach tough, wie immer.

»Lasst uns zurück in den Flur gehen.« Alissa zieht Milas mit sich. Meine Warnung, was ihn betrifft, hat sie nicht ernst genommen.

Zum wiederholten Male lasse ich den Blick durch das Zimmer streifen. Die Tonbandaufnahmen müssen ein Hinweis sein, Cleo würde sie nicht einfach ohne Grund abspielen. Was genau hat Liese gesagt? Sie wollte wissen, wo ihr Puder ist.

Am Bett hängt ein schwarzer Beutel. Ich öffne ihn und sehe, dass weißes Puder darin steckt. Benutzen Ballerinen solches Puder nicht, um keine verschwitzten Hände zu bekommen?

Das muss die nächste Spur sein, aber was bedeutet sie?

Soll ich vorschlagen, noch einen Hinweis zu kaufen? Der kostet uns zwar Zeit, aber die verlieren wir auch damit, uns im Kreis zu drehen.

»Au!« Ein heftiger Schmerz schießt in meine Hand. Genau dort, wo die Finger beginnen, fühlt es sich so an, als würde jemand mit einem Messer die Haut durchschneiden.

Reflexartig zuckte ich so zusammen, dass der Beutel mit dem Puder in die Höhe fliegt. Er trifft den Spiegel, der von einer großen Staubwolke eingehüllt wird.

»Was machst du denn?«, ruft Sky zu mir herüber. Er war gerade dabei, den Schrank genauer unter die Lupe zu nehmen.

»Ich …« Unmöglich kann ich ihm sagen, was ich gefühlt habe. Ich kenne diese Art von Schmerz, es ist der von jemand anderem.

Doch dann löst sich die Staubwolke auf, und ich erkenne Buchstaben an den Stellen, an denen das Pulver nicht auf dem Spiegel haften geblieben ist. Mein Herzschlag erhöht sich, als ich das Wort aus acht Buchstaben lese: MUSIKBOX.

ALISSA

Ich nehme Milas' Hand und ziehe ihn mit mir in den Flur, weg von meinen Freunden.

»Ist alles okay mit dir?«, fragt er, als ich seine Hand loslasse.

Mir fällt Mina ein, die Milas mit Adleraugen beobachtet, seit wir hier sind. Warum tut sie das?

Ich kann ihm nicht erzählen, dass Mina mich vor ihm gewarnt hat. Sonst denkt er, ich würde an ihm zweifeln, aber das tue ich nicht.

In Wirklichkeit ist er sehr vorsichtig. Als er mich gestern zurückgeküsst hat, schien es, als glaubte er, ich wäre zerbrechlich. Noch nie hat mich ein Junge so sanft geküsst.

Auf einmal dringt ein aufgeschreckter Schrei aus Lieses Zimmer zu uns hinaus und leichter Nebel hängt in der Luft.

»Was ist hier los?«, fragt Milas, als wir wieder in

den Raum gehen. Sky und Mina stehen neben einer pinkfarbenen Musikbox.

Eine bekannte Melodie ist daraus zu hören.

»Beethoven«, sagt Milas. »*Für Elise.*«

Sky sieht ihn überrascht an. »Woher weißt du das?«

»Meine Mutter und mein Vater haben sich das oft angehört.«

Sein Vater … Wahrscheinlich löst die Melodie Tausende Erinnerungen in ihm aus, genau wie das Diazepam es bei mir getan hat.

Wenn mein Vater in jener Nacht gestorben wäre … Wäre ich jemals darüber hinweggekommen?

Ich nehme Milas' Hand in meine, doch bevor wir einen Blick tauschen können, gehen die Lichter aus.

Es ist stockdunkel.

Ich kann die Hand nicht vor Augen sehen. Mir stockt der Atem.

»Was soll das?«, schreit Sky. »Mach das Licht wieder an!«

Ich drücke Milas' Hand, aber er drückt nicht zurück.

Im Dunkeln kommt mir das Zimmer viel kleiner

vor und ich habe jegliche Orientierung verloren. Wo ist die Tür?

Beethovens Melodie klingt auf einmal bedrohlich, ich wünschte, jemand würde die Musikbox ausschalten.

»Ruhig bleiben«, sagt Milas. Seine Stimme ist so nah, dass ich vor Schreck zusammenzucke.

Was sollen wir nur machen, wenn das Licht nicht wieder angeht? Mir kommt es so vor, als könnten alle mein Herz schlagen hören.

»Cleo spielt mit unserem Verstand«, sagt Sky.

Milas seufzt. »Quatsch, warum sollte sie?«

»Hat einer von euch ein Feuerzeug?«, fragt Mina.

»Im Schließfach«, antwortet Sky.

Milas' Hand beginnt, feucht zu werden, und er sagt: »Feuer ist hier drinnen sowieso keine besonders gute Idee.« Vielleicht ist er gar nicht so cool, wie er vorgibt.

X

Ich kann ES nicht mehr sehen.
Ich höre nur das Atmen.
Manche Leute glauben, dass ihnen alles gehört.
So ein Mensch ist ES.

SKY

Cleo spielt mit unserem Verstand, da bin ich mir sicher. Ärgert es sie, dass wir schon so weit gekommen sind?

Das Geklimper aus der Musikbox hört nicht auf. »Kann nicht jemand dieses Ding ausstellen?«

»Ich finde es nicht«, entgegnet Mina.

Im Dunkeln kann ich mich nicht mehr orientieren. Gehört das zum Spiel? Wenn Cleo auch bei anderen Leuten, die zuvor hier waren, einfach so das Licht ausgestellt und nicht wieder angemacht hat, kann ich mir kaum vorstellen, dass diese Leute dem Escape Room fünf Sterne gegeben haben.

»Wahrscheinlich erscheint diese Liese gleich direkt vor uns«, sage ich. »Ich habe gehört, dass manche Escape Rooms auch Schauspieler haben.«

»Hör auf«, stöhnt Alissa. Es überrascht mich, dass sie so ängstlich ist.

Ich taste um mich herum auf der Suche nach etwas, an dem ich mich festhalten kann. Ich bekomme einen Arm zu fassen und drücke ihn.

»Wer ist das?«

»Ich.«

Die Stimme würde ich überall erkennen. In meinem Körper passiert gerade das Gleiche wie auf dem Jahrmarkt, als Alissa und ich das furchterregendste Fahrgeschäft überhaupt benutzt haben. Mina war mal wieder mit Bauchschmerzen zu Hause geblieben.

Alissa und ich saßen in einer Kapsel, die an zwei gespannten Bungeeseilen befestigt war. Die Musik wurde immer lauter, bis die Seile schließlich gelöst wurden und wir in die Luft schossen.

Von so weit oben sah der Jahrmarktplatz wie ein kleiner, bunter Punkt unter uns aus. Da oben schien es, als wäre alles möglich, und eine Sekunde lang war die Welt genau so, wie sie sein sollte.

Plötzlich geht das Licht wieder an. Einen Moment lang muss ich mich an die Helligkeit gewöhnen, dann lasse ich schnell den Arm wieder los.

Da sehe ich, dass Alissa und Milas Händchen halten. Könnte ich doch nur mit Lichtgeschwindigkeit hier herausschießen, so wie mit dem Fahrgeschäft auf dem Jahrmarkt.

Mina stellt die Musikbox aus und alles ist still. Die Box hat keinen Hinweis enthüllt und es gab auch kein verstecktes Fach darin. Nichts.

Es ist, wie ich vermutet habe: Dieser Raum dient als Ablenkungsmanöver. Langsam werde ich sauer auf Cleo. Muss sie auch noch zusätzliche Spielchen mit uns spielen? Reicht es nicht, dass ich Milas und Alissa zusammen sehen muss?

»Hey, lässt du das Licht jetzt an?«, rufe ich in Richtung Kamera. »Sonst ist das hier echt nicht fair!«

Milas geht in den ersten Raum zurück und wirft eine weitere Münze in den Automaten, um einen Hinweis zu bekommen. Wir haben keine andere Wahl. Lieses Zimmer ist eine Sackgasse und auch im Flur ist nichts zu finden.

Diesmal lässt der Ball mit dem Hinweis auf sich warten.

»Kommt da noch was?«, rufe ich, wieder an eine der Kameras gerichtet. Doch eigentlich fühlt es sich so an, als würde ich Milas und Alissa anschreien. Dampf ablassen hilft. »Dieser Escape Room ist furchtbar!«

»Was soll das?« Milas legt mir eine Hand auf die Schulter, aber das ärgert mich noch mehr. Seinetwegen bin ich sauer, er hat alles kaputt gemacht.

Dann rollt ein Ball aus dem Automaten, und Mina liest vor, was auf dem Zettel steht:

Ziemlich langsam seid ihr,
doch ich bin die Nette hier,
der nächste Hinweis kommt gratis zutage,
wenn ihr tut, was ich euch sage.

»Soll das hier etwa ein Machtspiel werden?« Ich sehe erneut in die Kamera. »Was soll das alles?«

Cleo spielt mit uns, so viel ist inzwischen klar. Von Anfang an konnte ich sie nicht richtig leiden, sie hat etwas Arrogantes an sich.

Obwohl wir keine weitere Münze in den Automaten geworfen haben, rollt noch ein Ball hinaus.

Mina liest den Hinweis und sagt dann: »Du sollst zum Eingang gehen.«

»Wer?« Ich deute mit dem Finger auf mich selbst. »Ich?«

»So steht es hier.«

Langsam versteh ich gar nichts mehr. In einem Escape Room geht es doch darum, Rätsel zu lösen, oder nicht?

»Mach's einfach.« Alissa klingt ungeduldig.

»Okay, dann geh ich eben.« Ich laufe zur Tür des

ersten Raums und die anderen folgen mir. Ich öffne die Luke in der Tür und sehe den dunklen Gang hinunter, der uns hierhergeführt hat. Er ist leer.

»Das ist der schlechteste Escape Room überhaupt!«, schreie ich. »Ich gebe euch einen Stern! Oder kann man auch null Sterne geben?«

Ich lehne mich seitlich gegen die Luke und sehe die anderen an. Milas und Alissa stehen so dicht nebeneinander, dass kaum ein Blatt Papier zwischen sie passt. Werde ich mich irgendwann daran gewöhnen?

»Keine Spur von Cleo. Das ist doch alles nur eine blöde Show«, sage ich.

In dem Moment hören wir das Geräusch von Metall auf Metall.

X

Gebückt unter der Luke in der Tür
kann ich alles hören.
»Das ist der schlechteste Escape Room
überhaupt! Ich gebe euch einen Stern! Oder
kann man auch null Sterne geben?«
Das trifft mich ins Mark.
Sie haben ja keine Ahnung, wie lange ich an
dem Ganzen hier gearbeitet habe.
Alles ist perfekt, bis ins kleinste Detail.
Ich richte mich auf und schlage
mit aller Kraft die Luke zu.
Ich höre, wie es knackt.

MINA

Ich spüre den gleichen Schmerz wie vorhin, an der Stelle, wo die Finger beginnen. Es fühlt sich an, als würden sie abgehackt werden. Doch zu meinem Erstaunen ist es Sky, der losschreit.

Ich renne zur Tür und sehe, dass seine Hand zur Hälfte von der Luke verschluckt wird, die sich tief in seine Finger bohrt.

Mir stockt der Atem.

Das ist kein spannendes Spiel.

Es ist real.

Ich muss die Luke öffnen, auch wenn ich eigentlich gar nicht wissen will, wie Skys Hand aussieht.

»Bereit?«, frage ich Sky, der völlig geschockt aussieht. Ohne eine Antwort abzuwarten, stoße ich die Luke auf. Dort, wo seine Finger von dem Metall getroffen wurden, sind sie dunkellila verfärbt und Blut läuft aus den offenen Wunden.

Keuchend trete ich einen Schritt zurück.

»Mina ...« Sky ringt ebenfalls nach Luft. »Hilf mir.«

Er klingt wie die kleine Liese. Als wäre er neun Jahre alt und ich die Erwachsene.

Panisch sehe ich mich um. Wir brauchen etwas, um die Blutung zu stoppen, nur was?

Da fällt mir wieder ein, dass wir uns in einer Arztpraxis befinden. Waren da nicht ein paar Verbände im Sideboard? Schnell öffne ich die Türen und nehme einen Verband und eine Schere heraus.

»Alissa.« Sie steht mit dem Rücken an der Wand, starrt mit geweiteten Augen Skys Hand an und reagiert nicht.

Dann muss ich es wohl alleine schaffen. Ich führe Sky von der Tür weg und setze ihn auf einen Stuhl am Schreibtisch. Im Licht sieht seine Hand noch viel schlimmer aus. Kann ich das wirklich tun? Was, wenn ich ihm noch mehr Schmerzen zufüge?

»Mina ...« Sky zählt auf mich. Ich versuche, nicht seine zerfetzte Haut anzusehen, als ich den Verband um seine Hand wickele, insgesamt drei Mal, beginnend zwischen Daumen und Zeigefinger und dann um das Handgelenk und die restliche Hand. Schließlich ist der Verband aufgebraucht und ich ziehe ihn mit einem Knoten so fest zu, wie ich kann. Sky stößt ein merkwürdiges Geräusch aus.

Ein schneidender Schmerz fährt durch meine eigene Hand, und ich sehe nach, ob mit ihr alles okay ist, nur um sicherzugehen.

»Hilf uns!«, rufe ich zu einer der Kameras hinauf. »Sky ist verletzt. Kannst du bitte ko-«

Sky hält mir seine heile Hand auf den Mund. »Was machst du da? Willst du wirklich, dass sie hier reinkommt?«

»Du … du musst ins Krankenhaus«, stammele ich. »Schnell.«

Auf Skys Oberlippe hat sich ein Schweißfilm gebildet. »*Sie* hat das getan.«

Ich lache nervös auf. »Was?«

»Cleo«, erwidert Sky. »Ich habe sie gesehen, kurz bevor sie die Luke zugeschlagen hat.«

ALISSA

Ich höre, wie Mina etwas sagt, aber es dringt nicht zu mir durch.

Falls das, was Sky behauptet, stimmt, sind wir in Gefahr. Cleo hat seine Hand zertrümmert. Was erwartet uns noch? Wir sind einer Psychopathin ausgeliefert.

Ich gehe zur Tür und lehne mich mit aller Kraft dagegen. »Lass uns raus!«

Mina versucht, mich von der Tür wegzuziehen, sagt, ich solle mich beruhigen, aber ich schlage um mich. Das ist das Letzte, was ich will – dass sie mir sagt, ich solle mich beruhigen. Niemand von uns sollte jetzt ruhig bleiben.

»Mach die Tür auf!«

»Alissa …«

»Du hast gesagt, du kennst sie!«, schreie ich Mina an.

»Aus dem Park.« Sie sieht mich an. »Du hast sie doch auch gesehen, oder nicht? Sie ist dort ihre Runden gejoggt und ein andermal habe ich sie draußen bei den Weiden laufen gesehen.«

»Wir sitzen hier in der Falle. Was hat sie sonst noch mit uns vor?« Ich sehe zu den Kameras hinauf. Das rote Aufnahmelicht macht mich rasend. Die Vorstellung, dass Cleo uns beobachtet, während Sky hier schwer verletzt ist … Die Kameras müssen weg, jetzt sofort.

Ich nehme mir den Schreibtischstuhl, auf dem Sky gerade saß, und rolle ihn unter die erste Kamera. Dann klettere ich auf den Stuhl.

»Lass uns raus oder ich reiße die Kameras ab«, sage ich in die Linse hinein. »Ohne die kannst du uns nicht sehen. Und uns auch nichts mehr antun!«

Mein Herz hämmert schmerzhaft gegen meine Rippen, aber Cleo reagiert nicht.

Sie hat die Macht. Wir können absolut nichts tun. Die Handys sind im Schließfach, sogar unsere Schlüssel und Portemonnaies haben wir dort gelassen.

Die Hand um die Kamera gelegt ziehe ich. Mit einem Knacken löst sich das Ding von der Decke und das rote Aufnahmelicht erlischt.

X

**Der Bildschirm wird schwarz,
doch diesmal kann ich das Licht
nicht wieder anschalten.
Ich ziehe mir den Schal vom Hals und schreie
auf, haue mir gegen den Kopf und schlage
auf die Wand ein.
Sie sollen doch tun, was ich sage.**

MILAS

Mina hat gesehen, wie ich draußen bei den Weiden Cleo angeschrien habe. Benimmt sie sich mir gegenüber deshalb so merkwürdig? Hat sie Angst vor mir?

Alissa wirft die Kamera auf den Boden, sodass die Linse zersplittert. Dann schiebt sie den Stuhl unter die nächste Kamera. Sie hat komplett die Nerven verloren.

Ich greife nach ihrem Arm. »Lass es.« Meine Stimme ist bemerkenswert ruhig, obwohl ich innerlich total aufgebracht bin. »Das sollten wir nicht tun.«

Ich will mir gar nicht vorstellen, was Cleo ihr antut, wenn Alissa ihre Kameras zerstört. Irgendetwas sagt mir, dass Skys Verletzung erst der Anfang war. Doch wie konnte Cleo nur so etwas tun? Skys Hand ist auf jeden Fall gebrochen, wenn nicht schlimmer.

Das alles hier ist wie ein böser Spuk, als wäre es

nicht echt. Doch dann ertönt das Geräusch von einem neuen Ball, der aus dem Automaten rollt. Was hat Cleo uns noch zu sagen?

Vielleicht tut es ihr leid und sie öffnet die Tür.

Der Ball rollt bis zur gegenüberliegenden Wand und kommt zum Stillstand. Keiner von uns scheint Cleos Worte lesen zu wollen.

Langsam gehe ich hinüber und hebe den Ball auf. Mit ungutem Gefühl nehme ich das Papier heraus. Ich werfe Alissa einen schnellen Blick zu, aber sie sieht mich nicht an. Vorhin im Dunkeln hat sie meinen Arm so hoffnungsvoll gehalten, aber ich fühlte mich nur machtlos. Wir sind zwar vier gegen eine, aber wir können Cleo nicht schlagen.

»Was steht da?«, fragt Mina.

Ich schlucke schwer und lese dann vor:

Versucht nicht an den Kameras euer Glück,
sonst bleibt ihr in der Dunkelheit zurück.

SKY

Der Verband ist an manchen Stellen schon leicht rosa verfärbt. Kommt das Blut durch?

Der Schmerz macht mich ganz benommen.

Ich schwitze so sehr, dass mir das T-Shirt schon am Rücken klebt. Immer wieder sehe ich Cleos Augen vor mir, kurz bevor sie die Luke zugeschlagen hat. Sie sah wie eine Puppe aus – ohne jegliche Gefühle.

Wer ist diese Cleo?

Und noch viel wichtiger: Was will sie von uns?

Keiner sagt etwas.

Die Uhr an der Wand zeigt an, dass bereits fünfunddreißig Minuten vergangen sind. Es kommt mir jetzt einfach nur lächerlich vor, dass ich so was Dummes wie den Rekord brechen zu wollen im Sinn hatte.

Meine Hand prickelt unter dem Verband. Ich muss dem Verlangen widerstehen, nachzusehen, wie es darunter aussieht, stattdessen versuche ich, die Finger zu beugen. Keine gute Idee. Ich presse die Lippen aufeinander, um nicht aufzuschreien.

»Ich werde nie wieder Schlagzeug spielen können.«

Mina sieht als Einzige auf. »Natürlich wirst du das.«

Sie sagt das nur, um mich zu beruhigen, das ist mir klar. Schließlich hat sie meine Hand gesehen.

Tränen brennen in meinen Augen. Diese irre Cleo hätte alles mit mir machen können, aber meine Hände und Füße brauche ich, für den Rhythmus. Ich muss Schlagzeug spielen können, um runterzukommen. Ansonsten verliere ich den Verstand.

»Weiß jemand, dass wir hier sind?« Mina sieht in die Runde. »Habt ihr zu Hause erzählt, wo ihr heute Abend seid?«

Erstaunt sehe ich sie an. Ich dachte immer, *sie* müsste für alles um Erlaubnis bitten. »Du nicht?«

Sie wird rot. »Nein, ich habe gelogen und behauptet, ich würde zu einem Filmabend bei Alissa gehen.«

Zum wiederholten Male überrascht sie mich

heute. Sie war unglaublich, als sie mir eben die Hand verbunden hat, ist nicht ohnmächtig geworden, als sie das viele Blut gesehen hat. Sie hat einfach getan, was nötig war. Von Alissa und Milas kann ich das nicht behaupten.

»Meine Eltern wissen, dass ich unterwegs bin«, sage ich. »Aber ich habe ihnen, glaube ich, nicht gesagt, wohin ich gehe.«

»Mein Vater weiß Bescheid, aber er hat heute Spätschicht.« Alissa senkt den Blick auf ihre Schuhe. »Er wird erst morgen früh wieder zu Hause sein.«

Milas seufzt. »Ich habe nur gesagt, dass ich mit Freunden unterwegs bin.«

Mina nickt. »Es vermisst uns also noch niemand.«

Diese Schlussfolgerung schlägt ein wie eine Bombe. Erneut macht sich Stille breit, aber wir alle denken das Gleiche: *Wir haben keine Chance.*

Ich wünschte, jemand würde was sagen, egal was. Das Schweigen gibt mir das Gefühl, wir hätten jede Hoffnung aufgegeben.

Es *muss* einen Weg hier raus geben! Irgendjemand muss uns doch helfen können.

»Caitlin …«, flüstere ich. »Sie weiß, dass wir hier sind.«

Minas Augen leuchten auf. »Wirklich?«

Ich sehe zur Uhr, es ist Viertel vor neun. Caitlin ist wahrscheinlich schon mit dem Rad auf dem Weg hierher, sie kommt nie zu spät.

Mina nimmt einen Stift und ein Blatt Papier aus der Schreibtischschublade und schreibt, über das Papier gebeugt, etwas auf. Auch verkehrt herum kann ich erkennen, was sie in ihrer ordentlichen Handschrift geschrieben hat.

Vorsicht! Cleo hört zu!!!

Sie hat recht. Wenn Cleo weiß, dass Caitlin hierherkommt, hat sie einen Vorteil. Wenn nicht, wird sie davon überrascht und macht vielleicht einen Fehler.

Caitlin, für die ich all die Monate nichts empfunden habe, könnte diejenige sein, die uns rettet.

Ich nehme den Stift und schreibe ebenfalls etwas auf das Papier. Zum Glück wurde nicht die Hand, mit der ich schreibe, verletzt. Milas und Alissa kommen zu uns herüber, um ebenfalls zu lesen, was ich aufschreibe.

CAITLIN WOLLTE MITKOMMEN, ICH HABE IHR GESAGT, ES BEGINNT UM NEUN.

Alle drei sehen mich an, ich sehe Erstaunen, Erleichterung und Hoffnung in ihren Augen. Letzteres blitzt in den so unglaublich hübschen blauen Augen auf, die mich immer paralysieren. Sogar in dieser gefährlichen Situation haben sie diesen Effekt auf mich.

Ist Caitlin schlau genug?

Mina sieht mich durchdringend an.

Ich weiß, was sie denkt.

Wenn Caitlin nicht merkt, dass Cleo gefährlich ist, wird sie derselben Gefahr ausgesetzt sein wie wir.

Wer weiß, was Cleo mit Caitlin macht?

Ich nehme erneut den Stift.

ICH HOFFE ES.

X

Caitlin.
Das ist dieses Mädchen.
Ich habe sie gesehen,
als ich ES beobachtet habe.
Was schreiben sie da über sie?
Ich sehe mithilfe der übrigen Kameras in den
Raum, aber ich kann es nicht erkennen.
Glauben sie wirklich, sie könnten
mich austricksen?
Ich rolle mit dem Stuhl nach hinten.

ALISSA

Ich sehe auf die Uhr, aber es ist erst zehn vor neun. Die Minuten vergehen im Schneckentempo.

Ich bin mir nicht sicher, ob ich froh darüber bin, dass Caitlin herkommt, denn ich glaube nicht, dass sie mit Cleo alleine klarkommt. Sie ist nicht besonders tough. Um ehrlich zu sein, habe ich nie ganz verstanden, was Sky an ihr findet. Sie passen eigentlich gar nicht zusammen.

Wieder sehe ich zur Uhr, aber die Zeiger bewegen sich kaum vorwärts.

Mein Vater kommt normalerweise nicht vor fünf Uhr früh nach Hause. Ob er sich vor dem Insbettgehen noch mit mir versöhnen möchte? Ich versuche, die Erinnerung an seinen verletzten Gesichtsausdruck wegzuschieben, aber vergeblich. Er hat mich wie ein geschlagener Hund angesehen.

»Also verhalt dich gefälligst auch wie ein Vater!«

Ich stelle mir vor, wie er morgen früh in mein Zimmer geht und das leere Bett vorfindet. Er würde dann zwar sofort hierherkommen, aber das wäre erst in acht Stunden. Halten wir noch so lange aus?

Was plant Cleo? Will sie, dass wir leiden?

Mina hat gesagt, sie hätte Cleo beim Joggen gesehen, aber keiner von uns kennt sie persönlich. Sie muss einen Grund haben, warum sie das hier tut – oder hat sie einfach nur den Verstand verloren?

Da ertönt ein furchtbares hohes Jaulen im ganzen Raum, das uns alle aufspringen lässt.

Mina geht voraus in Lieses Zimmer, wo wir in den großen Schrank klettern und die Tür hinter uns schließen. Es ist eng hier drin, ich sitze praktisch auf Sky und Milas, aber die verschlossenen Türen schwächen den Lärm des Feueralarms etwas ab.

Ich wusste sofort, was es ist. Seit dem Unfall letztes Jahr überprüft mein Vater jeden Tag zwanghaft unsere Feuermelder, andernfalls kann er nicht schlafen.

»Ist hier irgendwo ein Feuer?«, fragt Sky.

»Das ist eine Foltermethode«, erwidert Mina. »Laute Geräusche treiben Menschen in den Wahnsinn.«

Wie kommt es nur, dass sie alles zu wissen scheint? Selbst so etwas merkt sie sich.

Im Halbdunkeln wirkt ihr Gesicht ernst. Das Make-up lässt sie älter aussehen, so als wäre sie über zwanzig. Warum hat sie sich ausgerechnet heute so schick gemacht?

Ich kenne Mina nur als das Mädchen, das unsichtbar sein möchte. Doch warum ist sie eigentlich so unsicher? Sie kann viel mehr, als sie von sich preisgibt, das habe ich schon immer gedacht. Hier in diesem Raum scheint sie endlich ihre Stärke zeigen zu können, allerdings auf eine übertriebene, etwas zu eifrige Art und Weise. Der Kontrast zu der Mina außerhalb dieses Raums ist so groß, dass ich es gar nicht begreifen kann. Sie ist plötzlich wie eine Fremde für mich.

X

In den lauten Feueralarm mischt sich ein
anderes Geräusch, die Türklingel.
Es dauert einen Moment,
bis es zu mir durchdringt,
doch dann sehe ich ein Mädchen auf
einem der zwölf Bildschirme.
Caitlin.
Sie steht vor der Tür …
Ich starre auf den Bildschirm.
Was macht sie hier?
Darüber haben sie also Nachrichten
ausgetauscht. Sie wussten, dass dieses
Mädchen hierherkommt.
Es läutet noch einmal an der Tür.
»Verschwinde«, flehe ich leise.

Aber das tut sie nicht.
»Ja?«
Caitlin schaut überrascht auf.
»Oh, hallo. Ich bin hier für
den Escape Room.«
Ich sehe die Straße hinunter, es ist sonst
niemand zu sehen.
»Wir … wir haben geschlossen.«
»Geschlossen?« Das Mädchen sieht sich um.
»Aber da steht Skys Fahrrad.«
Ich schenke ihr das Lächeln, das ich
monatelang vor dem Spiegel geübt habe.
Das Lächeln, das alle unangenehmen Fragen
vom Tisch fegt.
»Dann komm mal herein.«

SKY

So plötzlich, wie er angefangen hat, endet der Feueralarm auch wieder.

Mina steht als Erste auf. »Ich sehe nach, wie sicher es ist.«

Niemand bietet an, stattdessen zu gehen. Wir drei bleiben lieber im Schrank sitzen, er ist wie eine Insel, die von einem Meer voller Haie umgeben ist.

Mina lässt die Schranktür offen, sodass Licht ins Innere fällt.

»Geht es bei dir?«, fragt Milas mich. Bis jetzt hat er nichts wegen meiner Hand gesagt, nicht mal hingesehen hat er.

»Ja«, lüge ich und versuche angestrengt, nicht auf den Verband zu gucken, der mittlerweile blutdurchtränkt ist.

»Wurden deine Sehnen durchtrennt?«

Warum fragt er das? Ich will darüber nicht nachdenken, allein der Gedanke daran löst einen Brechreiz in mir aus.

»Keine Ahnung. Ich kann meine Finger kaum bewegen.«

Milas' Gesichtsausdruck verdunkelt sich. »Das tut mir leid.«

»Du kannst doch nichts dafür«, sagt Alissa. »Cleo hat die Luke zugeschlagen, nicht du.«

Milas sieht auf seine Schuhe hinab. »Aber wenn ich nicht mitgekommen wäre, hättet ihr nicht zu diesem Escape Room hier gehen können. Ihr hättet einen Spieler zu wenig gehabt.«

Glaubt Milas wirklich, das hier ist seine Schuld? Ich bin zwar sauer auf ihn wegen Alissa, aber das hat er nicht verdient.

»Wenn du nicht mitgekommen wärst, hätten wir jemand anderen gefunden«, sage ich schnell.

In dem Moment kommt Mina zurück und sieht uns ernst an. »Wir müssen zurück, Cleo hat eine Nachricht für uns.«

Etwas stimmt nicht, das sehe ich ihr an.

»Was ist los?«, frage ich, während Alissa mir hilft aufzustehen.

»Kommt einfach mit.«

Im Sprechzimmer fällt mein Blick als Erstes auf

die Gefängnistür, an der Blutstropfen von der Luke nach unten gelaufen sind. Mein Blut.

Ich wende mich ab, aber das Bild verschwindet nicht aus meinem Kopf.

»Hier ist die neue Nachricht.« Mina hält den Ball hoch.

»Mach ihn schon auf«, sagt Alissa.

Mina wirft mir einen Blick zu. »Ich habe es schon gelesen, aber ich weiß nicht, ob …«

Noch bevor sie es aussprechen kann, weiß ich, was los ist. »Sie hat Caitlin.«

Ich fühle mich wie betäubt. Sogar meine Hand tut eine Sekunde lang nicht weh.

Caitlin ist meinetwegen hergekommen, weil sie glaubt, sie wäre meine Freundin. Und jetzt ist sie in den Händen dieser Irren.

Das hier ist unser Spiel, unser Leiden. »Caitlin hat … sie hat nichts damit zu tun«, stottere ich. »Sie sollte nicht hier sein.«

Im nächsten Moment beuge ich mich vor und mein Magen entleert sich, es hört gar nicht mehr auf. Ich übergebe mich, als würde sich mein kompletter Körper auf dem Fußboden verteilen.

Jedes Mal, wenn ich kurz Luft hole, beschimpfe ich Cleo aufs Übelste. Keiner hält mich davon ab, sie lassen mich schreien. Sie sagen nicht, dass ich aufhören soll, und legen mir auch nicht beruhigend eine Hand auf die Schulter. Weil sie finden, dass Cleo mir gegenüber eine Grenze überschritten hat, dass sie jemanden verletzt, den ich liebe.

Aber das ist es gar nicht. Ich flippe aus, weil sie jemanden verletzt, den ich *nicht* liebe. Die ganze Zeit habe ich Caitlin in dem Glauben gelassen, ich wäre verknallt in sie. Und warum? Weil ich zu viel Angst davor hatte, dass die Wahrheit herauskommt.

»Lass sie gehen«, sage ich an eine Kamera gerichtet. »Sag mir, was du willst, und lass sie gehen.«

Nichts passiert. Cleo bleibt stumm. Die Uhr an der Wand zeigt an, dass unsere Zeit abgelaufen ist, aber *dieser* Escape Room hat eben erst begonnen.

Ob Cleo gerade auf die Bildschirme schaut? Beobachtet sie mich? Vielleicht lacht sie sich ins Fäustchen. Sie hat mich gebrochen, erst meine Hand und jetzt mein Herz. Wenn Caitlin etwas zustößt, werde ich mich mein Leben lang schuldig fühlen.

»Wenn du ihr auch nur einen Finger krümmst, bringe ich dich um.« Mit dem Ärmel wische ich mir über den Mund. »Hörst du?«

»Komm.« Mina zieht mich zu sich. »Du brauchst einen neuen Verband.«

»Was ändert ein neuer Verband jetzt noch? Diese Frau wird uns umbringen.«

Mina schüttelt den Kopf. Sie ist ganz ruhig, sogar jetzt noch. Wie schafft sie das nur? Wir sitzen wie Ratten in der Falle.

»Wer bist du?«, schreie ich in die Kamera. »Was willst du von mir?«

Mina bringt mich dazu, auf dem Schreibtischstuhl Platz zu nehmen, und wickelt den alten Verband auf. Er bleibt an manchen Stellen an der Hand kleben, aber ich spüre keinen Schmerz mehr.

Was hat Cleo Caitlin angetan? Hat sie sie betäubt, sie verletzt? Oder schlimmer?

Ich kneife die Augen zusammen, aber dadurch sehe ich nur Caitlin vor mir – in ihrem Schlafanzug. Sie hat ihre weichen Beine um mich gelegt. Von ihr war das ein Zeichen der Liebe, für mich ein Würgegriff.

Werde ich das Ganze jemals wiedergutmachen können?

»Lass die Augen geschlossen«, sagt Mina leise. Sie ist so nett zu mir, als hätte ich es verdient, gut behandelt zu werden. Doch eigentlich müsste sie mich kneifen und mir sagen, was für ein feiger Mistkerl ich bin. Denn genau das bin ich.

»Cleo?« Nun versucht wohl Milas sein Glück. »Du willst das nicht tun.«

Denkt er wirklich, dass es etwas bringt, mit dieser Frau zu sprechen?

»Du willst Caitlin nichts antun. Du weißt, dass du das nicht willst.«

Er muss blind sein. Er hat doch gesehen, was Cleo mit meiner Hand gemacht hat, oder nicht?

Da rollt ein weiterer Ball aus dem Automaten, doch diesmal befindet sich nicht nur ein Zettel darin. Etwas Schwarzes fällt heraus, als Milas den Ball öffnet.

Eine Haarsträhne.

Caitlins Haar?

Ich glaube, jeden Moment in Ohnmacht zu fallen, aber noch sitze ich aufrecht.

Milas sieht mich an, als müsste ich ihm die Erlaubnis geben, die Nachricht vorzulesen.

»Nur zu«, sage ich mit heiserer Stimme.

Ein Haarbüschel für ein Leben –
und Mina soll sich in den Stuhl begeben.
Alissa, du wirst ihr die Haare schneiden
und keine Beautytipps vermeiden.
Schließlich bist du die Schönste über Meilen –
Zeit, dein Wissen mit Mina zu teilen.

Cleo scheint uns gut zu kennen. Sie zielt genau auf die Stellen ab, die am meisten wehtun: meine Leidenschaft fürs Schlagzeugspielen, Minas Aussehen. Woher weiß sie das alles?

Und dann dämmert mir endlich, was Cleo wirklich von uns will. Ich sehe zu der Haarsträhne auf dem Boden. *Ein Haarbüschel für ein Leben.*

Wie konnte ich nur jemals glauben, dieser Escape Room würde ein aufregendes Spiel werden? Ich habe mich richtig darauf gefreut. Bei jedem Rätsel, das wir entschlüsselt haben, strömte Adrenalin durch meine Adern.

Doch dieser Escape Room ist die Hölle. Keine Ahnung, wie das Ganze enden wird, aber Cleo ist noch lange nicht fertig mit uns. Sie hat gerade erst angefangen.

Die Haarsträhne ist Beweis genug. Wenn Mina nicht das tut, was Cleo sagt, wird Caitlin sterben.

X

Caitlin hört nicht auf zu heulen.
Nur weil ich etwas von ihrem Haar
abgeschnitten habe?
Ich wickele mir den Schal wieder
um meinen Hals.
Haare wachsen nach.
Manche Wunden aber heilen nie.

MINA

Alissa, du wirst ihr die Haare schneiden.

Cleo weiß anscheinend sehr gut, wie ich über mich denke, und dass es die absolute Demütigung ist, wenn ausgerechnet Alissa mir die Haare schneidet. Sie weiß, dass ich seit dem ersten Tag unserer Freundschaft in Alissas Schatten stehe. Dass sich Leute nur mit mir unterhalten, weil ich mit ihr befreundet bin.

Aber *woher* weiß Cleo das alles?

Kann sie andere so gut einschätzen?

Ich denke an die Sache im Park zurück. Dort hat sie mich angelächelt, als sie an uns vorbeigelaufen ist. Und später, draußen bei den Weiden, tauchte sie plötzlich noch einmal auf. Das war also kein Zufall.

»Sie hat uns beobachtet«, flüstere ich. Die anderen sehen auf. »Sie war im Park, und später, als Milas …«

»Als Milas *was*?«, fragt Sky, nachdem ich mitten im Satz aufgehört habe zu reden.

Als Milas ausgeflippt ist.

»Als Milas die Pizza gebracht hat.«

Ich fühle einen neuen Stich im Bauch. Milas' Schmerz?

Dann sehe ich auf Skys Hand, die ich mit einem sauberen Verband umwickelt habe. In Lieses Zimmer vor dem Spiegel habe ich einen Schmerz in meiner eigenen Hand gespürt – doch das war, bevor …

Ich keuche auf. Plötzlich passen alle Puzzleteile zusammen. Auch als Alissa sich das Handgelenk im Sportunterricht verletzt hat, spürte ich den Schmerz bereits, bevor es passiert ist. Meine Augenbraue und meine Nase taten schon weh, ehe Sky und Alissa sich die Piercings haben stechen lassen. Und in meiner Hand spürte ich den Schmerz, obwohl Skys Hand erst danach in der Luke eingeklemmt wurde.

Der Schmerz, den ich fühle, ist nicht nur der Schmerz von jemand anderem, er ist eine Warnung. Schmerz, der einer Person bevorsteht.

»Was? Cleo hat uns gestalkt?«, fragt Sky.

Alissas Augen weiten sich. »Kurz bevor wir hier in den Raum gegangen sind, hat sie etwas über mein Nasenpiercing gesagt. Sie wusste, dass es neu ist. Aber wie …?«

»Sie kennt uns.« Sky sieht aus, als würde er sich gleich noch einmal übergeben müssen.

Ich habe Mitleid mit ihm, er hat das nicht verdient.

Ich muss tun, was Cleo gesagt hat, oder Caitlin ist in Gefahr. Das ist es nicht wert.

Meine Haare werden nachwachsen.

»*Ein Haarbüschel für ein Leben.* Los, Alissa«, sage ich mit fester Stimme.

Alissa wird ganz blass. »Was?«

Hat sie wirklich gedacht, ich würde mich weigern?

»Was ist wichtiger?«, frage ich. »Caitlins Leben oder meine Haare?«

Alissa nimmt die Schere, die ich gerade benutzt habe, um Skys Verband abzuschneiden, in die Hand, und Sky schiebt den Schreibtischstuhl zurück. Ich setze mich und umklammere die Armlehnen. Erneut sticht es in meinem Bauch, und ich bin mir sicher, dass es Milas' Schmerz ist. Soll ich ihn warnen? Doch was könnte ich schon sagen?

»Bist du dir sicher?«, fragt Alissa.

»Tu es einfach.«

Alissa schneidet und sagt kein Wort. Hin und wieder fallen ein paar Haarsträhnen in meinen Schoß. Bald wird der Unterschied zwischen ihr und mir riesig sein. Es versetzt mir einen Stich, wenn Jungs sie ansehen, doch jetzt kommt es mir so vor, als würde Alissa selbst diese Stiche verteilen. Sie verstümmelt mich.

Ich zwinge mich, nicht zu weinen. Keine einzige Träne werde ich hier drin vergießen. Diese Freude mache ich Cleo nicht.

Als Alissa endlich die Schere zurück auf den Tisch legt, sehe ich zu Boden. Ein Teppich aus Haaren hat sich dort gebildet, ein Durcheinander aus langen Strähnen und kurzen Büscheln.

Ich berühre meinen Kopf und spüre die Stacheln. Geschockt ziehe ich die Hand zurück. Ich muss wissen, wie es aussieht, aber ich habe auch Angst davor.

Ich gehe in Lieses Zimmer und wische mit der Hand das Puder vom Spiegel.

Zum zweiten Mal sieht mir eine andere Mina entgegen. Ihre Wangenknochen stehen auf einmal stark hervor und ihre Haare sind gleichmäßig kurz geschnitten. Das Mädchen im Spiegel erinnert mich an eine Soldatin, die gerade erst aus dem Krieg zurückgekehrt ist.

Langsam nur begreife ich, dass es mein Spiegelbild ist. *Das bin ich.*

Mir entweicht ein Lachen, denn es steht mir. Es steht mir sogar verdammt gut.

Sky kommt ins Zimmer, stellt sich neben mich und betrachtet mein Spiegelbild.

»Wow«, flüstert er.

Es dauert einen Moment, bis ich seinen Gesichtsausdruck deuten kann, denn noch nie hat mich jemand so angesehen. Es ist die Art und Weise, wie sonst Jungs Alissa ansehen.

Wir sitzen auf dem Boden in Lieses Zimmer, denn im Behandlungsraum riecht es nach Erbrochenem. Niemand sagt etwas. Ich spähe abwechselnd zu Milas und Alissa.

Seit sie mir die Haare geschnitten hat, hat Alissa kein Wort mehr herausgebracht. Milas weicht mir aus, so als hätte ich eine ansteckende Krankheit. Hat er mitbekommen, dass ich mich wegen der Sache draußen bei den Weiden beinahe verplappert hätte?

»Der Flyer für diesen Escape Room …«, beginnt Sky und durchbricht damit die Stille. »Er lag nicht einfach so herum. *Sie* hat uns hierhergeführt.«

Bei dem Gedanken, dass Cleo dies alles bis ins kleinste Detail geplant hat, wird mir ganz schlecht vor Angst. Es macht sie noch gefährlicher, als ich befürchtet habe.

»Wir dachten, es war unsere Idee, zu diesem Escape Room zu gehen, doch alles war genauestens für unseren Besuch vorbereitet. Cleo will sich hier an uns rächen.«

»Rächen? Aber wofür? Und an wem von uns?«, frage ich.

»Keine Ahnung.« Sky stützt seine Hand ab. Auch der neue Verband ist schon wieder halb durchnässt, er verliert viel zu viel Blut. Seine Wunde muss genäht werden und zwar schnell.

Soll ich nach Nadel und Faden suchen? Doch ich weiß nicht, wie so etwas geht, am Ende mache ich es nur noch schlimmer.

»Ich habe keine Feinde«, sage ich. »Und du?«

Sky überlegt kurz. »Nicht, dass ich wüsste.«

Wieder sehe ich Milas draußen bei den Weiden vor mir. Er hat sich Cleo gegenüber keineswegs normal verhalten, so wie er sie angeschrien hat, aber ist das Grund genug, ihn foltern zu wollen? Allerdings ist er, genau wie Alissa, bis jetzt noch verschont geblieben.

Trotzdem werde ich das Gefühl nicht los, dass etwas mit ihm nicht stimmt. Er wirkt perfekt, aber mir jagt er einen Schauder über den Rücken.

MILAS

Mina beobachtet mich schon wieder. Ich bin mir jetzt sicher, dass sie mich bei den Weiden gesehen hat, und somit hat sie auch mitbekommen, wie ich Cleo angeschrien habe. Ich muss unbedingt mit ihr alleine sprechen. Sie darf nichts davon ausplaudern.

Alissa darf mich niemals so ansehen, wie Karlijn es getan hat, kurz bevor sie weggelaufen ist.

Ich habe versucht, sie aufzuhalten, aber es ging nicht. Der Typ, der neben uns wohnt, hat den Lärm gehört und gefragt, ob alles okay ist.

Ich konnte ihr nur noch hinterherschauen. Das war das letzte Mal, dass ich mit ihr gesprochen habe. Danach musste ich alles heimlich machen. Fast jeden Tag bin ich Karlijn mit dem Rad hinterhergefahren, habe gesehen, wie sie Eis gegessen hat, shoppen gegangen ist oder sich zur Tanzstunde mit Pia getroffen hat. Ihre Freundin Pia habe ich gehasst, vor allem, weil sie sich so sehr eingemischt hat. Sie war der Grund für unsere Trennung.

Und jetzt ist es Mina, die das Gleiche tun könnte wie damals Pia. Sie könnte Alissa und mich auseinanderbringen.

Ich muss sie aufhalten, bevor sie den Mund aufmacht.

»Diese Cleo muss echt krank sein«, sagt Alissa. »Findest du nicht?«

Es dauert einen Moment, bis ich begreife, dass sie mit mir redet. Ich schaue in ihre blauen Augen und sehe darin einen komplett anderen Ausdruck als damals bei Karlijn. Alissas Blick sagt mir, dass wir im selben Team sind, und das muss so lange wie möglich so bleiben.

»Ja«, sage ich leise. »Finde ich auch.«

Das Rumpeln des Automaten ist zu hören und wir vier laufen schnell zurück in den Behandlungsraum.

»Was ist drin?«, fragt Sky panisch. Doch diesmal ist es nur ein Zettel ohne Haarsträhne.

Ich falte das Papier auseinander und lese, was draufsteht. Meine Kopfhaut beginnt zu prickeln und auf einmal scheint der Raum sich zu drehen. Unmöglich kann ich diese Worte laut vorlesen. Panik würde ausbrechen.

»Milas?« Alissa steht direkt neben mir. Schnell drehe ich mich weg, damit sie das Geschriebene nicht über meine Schulter hinweg lesen kann.

Mir muss irgendetwas einfallen, etwas anderes als das, was da auf dem Zettel steht.

»Sie … Sie hat geschrieben: *Viel Glück bei der Suche nach den Schlüsseln, vielleicht gibt es einen anderen Weg hinaus.*«

Als ich Mina vorgeschlagen habe, dass wir beide Lieses Zimmer absuchen könnten, wirkte sie erst geschockt, aber es ist mir geglückt. Sky und Alissa sind im Behandlungsraum. Ich schließe die Tür und tue so, als würde ich dahinter suchen.

Wie soll ich es nur ansprechen? Ich kann nicht einfach von der Sache bei den Weiden anfangen, zuerst muss ich herausfinden, was genau sie gesehen hat.

»Fährst du gern Rad?«

Mina sieht mich an. »Wie … wie meinst du das?«

»Zum Beispiel draußen bei den Weiden?«, sage ich und wage mich weiter vor.

Mina läuft rot an. Sie hat keine Haare mehr, hinter denen sie sich verstecken kann.

Sie hat mich gesehen, so viel ist klar. Sie weiß

über die Sache mit dem Helm und über Cleo Bescheid.

»Ich weiß, dass du mich gesehen hast«, sage ich. »Aber du brauchst keine Angst zu haben.«

Nervös sieht sie zur Tür. Will sie nach Hilfe rufen?

»Ehrlich«, fahre ich fort, »ich war nur ein bisschen wütend.«

»Ein bisschen?« Jetzt traut sie sich, mich direkt anzuschauen. Ich habe gesehen, wie sie sich um Sky gekümmert hat. Auch für Alissa wäre sie da, wenn die ihre Hilfe bräuchte.

»Was dort passiert ist, ist meine Sache, nicht deine.«

»Wenn du mit meiner Freundin zusammen bist, ist es auch meine Sache.« Immer noch sieht sie mich an. »Du hast Cleo angeschrien. Ist das der Grund, warum wir jetzt hier sind?«

Der Zettel mit Cleos Nachricht steckt in meiner Hosentasche und scheint dort Flammen zu schlagen. Niemand darf herausfinden, was draufsteht, am allerwenigsten Alissa.

»Natürlich nicht«, sage ich.

»Ich vertraue dir nicht.«

Mina wird Alissa vor mir warnen. Vielleicht hat sie es schon getan.

»Das ist mir egal.« Ich starre sie an. »Solange Alissa mir vertraut. Und sie ist in mich verliebt.«

Mina kneift die Augen zusammen. »Du bist gestört.«

Genau das hat Karlijn damals zu mir gesagt, im gleichen Tonfall.

Zwei Schritte nur und ich stehe direkt vor ihr. Ein Ausdruck von Angst huscht über ihr Gesicht, das muss ich ausnutzen. Es ist mein einziger Trumpf. Bevor ich weiß, was ich tue, halte ich ihr eine Hand an die Kehle.

»Du hältst die Klappe.«

Minas Augen weiten sich und ich kann die Adern darin erkennen.

»Verstanden?« Vorsichtig drücke ich meinen Daumen in ihre Haut.

»J-ja …«

»Schön.« Ich lasse von Mina ab und höre sie hinter mir nach Luft schnappen. Ich wollte das nicht tun, aber ich hatte keine Wahl.

MINA

In meinem Bauch wütet ein Krieg. Milas ist verschwunden, aber ich kann immer noch seinen Daumen an meiner Kehle spüren. Ich muss mich am Schminktisch festhalten, um zu verhindern, dass meine Knie nachgeben.

Milas ist nicht nur unberechenbar, er ist *gefährlich*.

Ich höre, wie er draußen im Flur mit Alissa redet, verstehe aber nicht, was er sagt. Von seinem beiläufigen Tonfall wird mir schwindelig. Wie schafft er es, so schnell ein anderes Gesicht aufzusetzen? Das ist doch nicht normal, das ist …

»Mina?« Alissa betritt das Zimmer. »Alles okay mit dir?«

Ich will antworten, aber kein Laut kommt aus meinem Mund. Wie soll ich ihr sagen, was gerade passiert ist?

»Weinst du?«

Ich lasse mich in ihre Arme fallen, voll und ganz.

Milas hat seine Hand an meine Kehle gehalten. Er hätte mich erwürgen können. Wäre es mir da überhaupt noch möglich gewesen, nach Hilfe zu rufen?

»Hey, was ist denn los?«, fragt Alissa besorgt und löst sich etwas von mir, um mich anzusehen.

Sie muss sich von Milas fernhalten, das ist alles, was zählt.

»Es geht um Milas ... Er ist gefährlich.«

Alissa runzelt die Stirn. »Fängst du wieder damit an?«

Erneut kommen mir ihre Worte in den Sinn. *Ich weiß ja, von wem du diese Panik hast.*

Sie muss mir glauben, sie muss einfach.

»Er hat mir gedroht.«

»Was? Wann? Gerade eben?«, fragt sie geschockt.

»Ich habe gestern gesehen, wie er total ausgeflippt ist. Er ist gefährlich, Alissa. Er hat geschrien und seinen Helm auf die Bank geschlagen, und dann kam Cleo vorbei und -«

»Cleo?«, fällt mir Alissa ins Wort.

»Sie war joggen. Sie hat Milas etwas gefragt und er ... ist explodiert.«

»Cleo gegenüber?«

Warum reden wir ständig über Cleo, versteht Alissa nicht, was ich ihr versuche zu sagen?

»Er ist gestört«, sage ich leise und sehe kurz zur Tür. Milas ist noch gefährlicher als Cleo, denn er ist mit uns hier drin. Er ist einen Kopf größer als Alissa und ich, und Sky hat nur eine funktionierende Hand.

»Er hat mich an der Kehle gepackt, hier.« Ich zeige auf die Stelle, wo Milas seinen Daumen in meine Haut gedrückt hat.

Alissa runzelt die Stirn. »Ich kann nichts erkennen.«

»Er hat nicht zugedrückt.«

Sobald ich die letzten Worte ausgesprochen habe, wird mir klar, dass ich nichts in der Hand habe. Alissa ist auf seiner Seite, genau wie er gesagt hat. So habe ich sie noch nie erlebt.

»Wie kannst du nur so blind sein?« Wut steigt jetzt in mir auf. »Du musst doch sehen, dass etwas nicht stimmt.«

Alissa sieht mich ein paar Sekunden nur an, dann sagt sie: »Bist du sauer wegen deiner Haare?«

»Wie bitte?« Ich kann nicht glauben, was sie da sagt. Denkt sie wirklich, dass es mir darum geht? »Warum sollte ich wegen der Haare sauer sein? Ich war doch vorher schon hässlich!«

»Bist du eifersüchtig auf Milas und mich?«

Alissa weiß ja nicht, wovon sie redet.

»Du bist eifersüchtig, weil du keinen Freund hast, ich aber schon.«

Ich will, dass sie aufhört.

»Hast du dich deshalb auf einmal geschminkt? Weil du so sein willst wie ich?«

»Es dreht sich nicht alles nur um dich!« Ich spucke die Worte nahezu aus. »Manchmal geht es auch um andere. Nicht mal als Sky verletzt wurde, hast du ihm geholfen!«

»Ich habe Panik bekommen!« Alissa tritt einen Schritt vor. »So wie du normalerweise ständig mit deinem Bauch und den Schmerzen und all dem Zeug. Du tust allen leid, auch mir. Warum, glaubst du, habe ich mich zu dir gesetzt am ersten Tag in der Schule? Du wirktest so bemitleidenswert!«

Ich sehe es wieder vor mir. Ich habe geglaubt, Alissa hätte eine Wette abgeschlossen und sich deshalb neben mich gesetzt. Doch der wahre Grund ist noch viel schlimmer.

»Lieber bemitleidenswert als egoistisch.« Die Worte finden ihren Weg nach draußen, als wären sie schon immer da gewesen und hätten nur darauf gewartet, ausgesprochen zu werden. »Nur du allein willst Aufmerksamkeit, sogar auf Kosten deines Vaters!«

Die Dokumentation ins Spiel zu bringen, geht einen Schritt zu weit, das weiß ich, aber ich kann nicht aufhören. Ich will ihr wehtun.

Alissas Gesichtsausdruck verändert sich. »Du weißt ja nicht, wovon du redest. Du wüsstest es, wenn du mich jemals danach gefragt hättest.«

Ich will meine Worte zurücknehmen und gleichzeitig will ich noch einmal genau das Gleiche sagen.

»Ist es denn ein Wunder, dass ich all die Aufmerksamkeit bekomme?«, zischt Alissa. »Und sieh dich jetzt nur an, mit dem kahlen Kopf.«

Es ist, als würde jemand anders meinen Arm anheben und ihn nach vorne schwingen. Mit der flachen Hand schlage ich Alissa ins Gesicht.

Im ersten Moment reißt sie ungläubig die Augen auf. Doch dann wird der Ausdruck in ihnen genauso kalt wie in Milas'.

JETZT
KOMMT
DIE
WAHRHEIT
ANS
LICHT

SKY

Sie streiten sich. Das haben sie noch nie getan, solange ich sie kenne. Und dann behauptet Alissa, dass Mina ihr eine Ohrfeige verpasst hat.

Ich lasse Milas und Alissa im Behandlungsraum zurück und finde Mina auf dem Boden sitzend in Lieses Zimmer vor.

Ich gehe vor ihr in die Hocke. »Was ist passiert?«

Keine Antwort. Sie darf nicht aufgeben, nicht jetzt. Mina war die Einzige, die gehandelt hat, als meine Hand in der Luke eingeklemmt war. Und sie hat sich von Alissa die Haare schneiden lassen, um Caitlin zu beschützen. Sie ist eine Anführerin.

»Wir brauchen dich hier drinnen.« Leise füge ich hinzu: »Ich brauche dich.«

Mina sieht auf und lächelt traurig. »Hast du auch Mitleid mit mir?«

Ich muss daran denken, wie Mina außerhalb dieses Escape Rooms meistens ist – hängende Schultern, ein Vorhang aus Haaren und ständig beschwert sie sich, dass ihr irgendetwas wehtut.

Ich will sie nicht belügen, das hat sie nicht verdient.

»Manchmal.«

»Alissa denkt, dass ich auf sie eifersüchtig bin, aber das ist es nicht.«

»Warum solltest du eifersüchtig sein?«

»Weil sie einen Freund hat und ich nicht. Weil alle Jungs sie toll finden.«

»Nicht *alle* Jungs«, sage ich.

»Milas, du …«

»Ich?« Tief in mir explodiert etwas und das Blut schießt mir ins Gesicht.

»Glaubst du, das habe ich nicht gemerkt?« Mina sieht mich kopfschüttelnd an. »Schon am ersten Tag in der Schule hast du gesagt, dass sie hübsch ist.«

Wovon redet sie da? Habe ich das wirklich gesagt?

»Sie hasst mich«, sagt Mina.

»Das stimmt nicht.« Ich bin froh, dass Mina das Thema wechselt.

»Ich habe sie geohrfeigt.«

»Das habe ich mitbekommen.« Langsam schlägt

mein Herz wieder in einem normalen Rhythmus. »Wir sind gerade alle ziemlich durcheinander.«

»Alissa glaubt mir nicht.« Prüfend sieht Mina mich an, als wisse sie nicht, ob sie mir vertrauen kann. »Wir haben über Milas gesprochen.«

Milas? Ich verändere ein wenig meine Sitzhaltung und höre ein Knacken unter mir.

Mina reißt die Augen auf. »Mach das noch mal!«

Der Boden macht ein merkwürdiges Geräusch, als würden die Dielen aneinanderstoßen.

Mit einem Ruck zieht Mina den Teppichvorleger weg. Es fällt kaum auf, aber eine Diele ist lose.

X

Ich drehe mich zu Caitlin um.
Sie hat endlich aufgehört zu heulen.
Ich verstehe es nicht.
Das Mädchen ist nicht hässlich.
Doch langsam fügen sich die Puzzleteile
zu einem Bild zusammen.
Ich merke, dass ich lächele.
Das ist perfekt, um Öl ins Feuer zu gießen.
Zeit für eine neue Nachricht.

ALISSA

Milas legt die Arme um mich und drückt mich an sich. Mir wird klar, dass ich weine, aber ich habe keine Ahnung, wie lange schon.

Dass Mina mich geschlagen hat, ist nicht das Schlimmste. Ihre Worte tun viel mehr weh. Bis eben hat sie die Dokumentation nie mit einer Silbe erwähnt und jetzt schleudert sie mir ihre Meinung dazu einfach so ins Gesicht.

»Mina sagt, du hast ihr gedroht.«

Abrupt lässt Milas mich los. »Was?«

»Ich glaube ihr nicht«, sage ich. »Sie ist völlig verrückt geworden.«

Milas fährt sich mit der Hand durch die Haare. »Na ja, ich habe schon was getan …«

Es fühlt sich so an, als hätte ich beim Treppesteigen eine Stufe übersehen. Das kann nicht wahr sein.

»Ich habe versucht, mit ihr über gestern zu reden«, sagt er.

»Nur zu reden?«

»Natürlich.« Milas sieht mich geschockt an. »Was glaubst du denn?«

Offensichtlich lügt Mina. Sie wollte mir wehtun, deshalb hat sie Milas beschuldigt und auch noch meinen Vater ins Spiel gebracht.

»Ich weiß, was draußen bei den Weiden passiert ist«, sage ich leise.

Milas nickt. »Ich wollte nicht, dass du davon erfährst, deshalb habe ich sie gebeten, den Mund zu halten. Sie muss es falsch verstanden haben.«

»Warum sollte ich nicht wissen, wie verärgert du warst?«

Milas lächelt schwach. »Was denkst du, warum? Wir lernen uns doch gerade erst kennen.«

Das Gefühl kommt mir bekannt vor, auch ich will ihm nur die beste Seite von mir zeigen.

»Es ging um meinen Vater.« Er wendet sich ab. »Vor ein paar Tagen bin ich aus Versehen in unsere alte Straße gefahren. Es war so merkwürdig, dort zu sein, das erste Mal seit er … Alles sieht noch genauso aus wie immer und doch ist es komplett anders.«

Ich muss daran denken, wie mein Vater gestern

drauf war. Zwar nicht so schlimm wie letztes Jahr zu Weihnachten, aber er war anders als sonst.

»Ich weiß, was du meinst.«

»Ich glaube, Mina hat Angst vor mir.« Er sieht mich besorgt an. »Sie hat mich schon den ganzen Abend angestarrt, aber ohne ein Wort zu sagen.«

Also hat er es auch bemerkt. Ich schäme mich für sie.

Wir setzen uns auf den Boden. Ich höre, wie Mina und Sky in Lieses Zimmer miteinander reden. Ich verstehe Mina nicht, ist sie wirklich so eifersüchtig auf Milas und mich?

»Du hast sie also nicht angefasst?«, frage ich, nur um sicherzugehen.

Er sieht gekränkt aus. »Glaubst du, das würde ich tun?«

Ich sehe ihm tief in die Augen, in das gleiche Blau wie gestern. Er lügt nicht, niemand kann so gut lügen.

Ich seufze. »Ich kann mir nur einfach nicht vorstellen, dass Mina sich so etwas ausdenkt.«

»Freunde sind ätzend.«

Ich sehe ihn fragend an. »Findest du?«

Milas lacht, aber es klingt alles andere als fröhlich. »Nachdem mein Vater gestorben ist, haben alle gesagt, sie wären für mich da. Auch Karlijn. Sie wollten mit mir reden, sie wollten, dass ich weine. Aber als ich es endlich getan habe, ließen sie mich allein. Leute halten Trauer schlecht aus. Ist dir das auch schon aufgefallen?« Er sieht mich an. »Deine Freunde haben dich auch nie nach deinem Vater gefragt, nicht wahr?«

Milas' Worte dringen langsam zu mir durch. Er hat recht. Sky und Mina haben es nie für nötig gehalten, mich auf meinen Vater anzusprechen.

Ein neuer Ball rollt aus dem Automaten. Was will Cleo jetzt schon wieder? Ich weiß nicht, ob ich noch weitere Nachrichten von ihr aushalte. Wann ist diese Folter endlich vorbei? Milas hebt den Ball auf und ich gehe zu ihm.

Er runzelt die Stirn, als er die Nachricht liest.

»Was ist?«, frage ich. »Hat sie noch jemand anderen gekidnappt?«

Er sieht auf. »Es geht um Sky.«

»Was ist mit ihm?« Ich nehme Milas das Papier aus der Hand und lese:

Warum habt ihr Mina das angetan
und wart so dumm,
wo es doch Sky ist, der Caitlin führt
an der Nase herum.

Sobald er den Mund aufmacht,
kommen Lügen heraus,
doch sein trügerisches Spiel ist nun bald aus.

Ich sehe auf. »Worum geht es denn jetzt?«

Milas zuckt mit den Schultern. »Um Caitlin?«

Noch einmal lese ich die Nachricht, aber die Worte ergeben immer noch keinen Sinn. Cleo ist doch diejenige, die ein trügerisches Spiel spielt, nicht Sky. Oder doch?

Versucht Cleo einen Keil zwischen uns zu treiben? Wenn ja, wird es ihr nicht gelingen. Mina ist vielleicht gerade ein bisschen komisch drauf, aber Sky ist durch und durch ehrlich, ich kenne ihn besser als irgendjemanden sonst.

»Wir haben den Schlüssel!«

Erschrocken sehe ich auf, als Sky in den Behandlungsraum kommt. Der neue Verband ist auch schon wieder blutdurchtränkt, aber er sieht aus, als wäre er unbesiegbar.

»Gibt es eine neue Nachricht?«

Langsam lasse ich den Zettel sinken. Ich kann das Geschriebene unmöglich laut vorlesen, ich will ihm nicht wehtun. Er würde mich nie anlügen, er ist der ehrlichste Mensch, den ich kenne. Wenn ihm etwas durch den Kopf geht, spricht er es aus. Er ist derjenige in unserer Klasse, der immer direkt sagt, was er denkt. Manchmal zu direkt, aber wenn es von ihm kommt, kann ich damit umgehen.

»Sie sagt, du spielst ein Spiel«, sagt Milas.

Sky legt die Stirn in Falten.

Müssen wir ihm wirklich noch einen weiteren Tritt verpassen? Er liegt doch schon am Boden – erst das mit seiner Hand und dann Caitlin in Cleos Fängen.

Milas räuspert sich. »Sie behauptet, du führst Caitlin an der Nase herum.«

Wenn Sky vor der Klasse steht und etwas erzählt, ist er in seinem Element. Wenn er auf der Straße ins Stolpern gerät, macht er einen Witz darüber. Doch jetzt läuft er rot an, bis in den Nacken hinunter.

Also stimmt es.

»Aber warum?«, frage ich.

Sky tritt von einem Fuß auf den anderen. »Was genau steht da?«

Langsam dämmert mir, dass Sky mich tatsächlich angelogen hat. Die ganze Zeit, während er mit Caitlin zusammen war, hat er ein Spiel gespielt.

Freunde sind wirklich ätzend.

»Warum bist du mit ihr zusammen, wenn du …«

Sky schüttelt den Kopf, als wäre dies ein Albtraum und er wünsche sich nichts mehr, als aufzuwachen. Mir geht es genauso, aber das hier ist kein Albtraum. Es ist die Wirklichkeit.

Vorhin erst war er voller Panik wegen Caitlin, das kann doch nicht gespielt gewesen sein – oder doch? Ich kenne ihn.

»Ich will …« Sky sieht erst mich an, dann Milas und wieder mich. »Ich kann es dir nicht sagen, okay? Nicht hier.«

Noch nie habe ich meinen besten Freund nervös erlebt, aber jetzt bekommt er die Worte kaum heraus.

»Ich verstehe es nicht«, sage ich. »Ich verstehe es einfach nicht.«

Wie kann Sky mich nur all die Monate derart getäuscht haben? Was für ein Spiel meint Cleo?

»Nicht hier«, wiederholt Sky und sieht Milas erneut an. Hat er Angst vor ihm? Aber warum …?

Dann fällt der Groschen.

Ich sehe ihn an. »Du bist in mich verliebt.«

Skys Wangen scheinen Feuer zu fangen und er beginnt zu schwitzen.

»Nein, das ist es nicht.«

Ich glaube ihm nicht mehr. Es kommt mir so

vor, als hätte jemand seine Lügen über meine Erinnerungen gegossen.

All die Monate, die er mit Caitlin zusammen war, hat er in Wirklichkeit an mich gedacht? Wir kennen uns seit dem ersten Jahr der Oberschule, warum habe ich nie etwas bemerkt?

Irgendwann ist mir zwar aufgefallen, dass er nie Dates mit Mädchen hatte, aber er war immer mit anderen Dingen beschäftigt. Schlagzeug spielen, in der Pizzeria arbeiten. Und als Caitlin auftauchte, habe ich nicht weiter darüber nachgedacht.

Wie konnte ich es nur übersehen?

Soweit ich mich erinnere, hat Sky nie mit mir geflirtet. Er hat mich nie berührt. Nicht so wie Milas. Er hat es all die Jahre geheim gehalten.

Cleo hat recht: Sky spielt ein trügerisches Spiel.

»Du verstehst es wirklich nicht.« Skys Blick wandert zu Milas zurück und dann wieder zu mir. »Ich bin nicht in *dich* verliebt.«

SKY

So fest ich kann, drücke ich den Schlüssel in meiner Hand. Es ist raus. Das größte Geheimnis, das ich je hatte, ist raus.

Ich wage es nicht, die beiden anzusehen, aber ich spüre, wie meine Worte langsam zu ihnen durchdringen.

Alissa sagt als Erste etwas: »Du bist in Milas verliebt?«

Es laut ausgesprochen zu hören, ist schlimmer, als es nur im eigenen Kopf zu formulieren. Ich will nicht, dass sie es sagt, nicht ausgerechnet sie.

Ich will weg von hier, aber ich kann nirgends hin, wir sind eingesperrt. Cleo macht uns langsam kaputt.

Woher wusste sie es? Lag es an dem Gespräch, das ich gerade mit Mina geführt habe?

Mina glaubte, ich hätte ein Auge auf Alissa geworfen, aber es ging mir immer nur um Milas.

»Natürlich nicht.« Milas schüttelt grinsend den Kopf. »Sky macht nur Witze, stimmt's?«

Ich werfe ihm einen Blick zu. Keine gute Idee. Seine blauen Augen sind genauso elektrisierend wie ein mit Strom aufgeladener Zaun.

»Nein ...« Milas' Gesichtsausdruck verändert sich. »Mach keinen Quatsch.«

In meiner Vorstellung hat er ganz anders reagiert. Mit seinem Foto in der Hand hab ich ihm davon erzählt und er war total verständnisvoll.

Als unser Chef damals nach dem Betriebsausflug ein Foto von uns allen machen wollte, achtete ich darauf, neben Milas zu stehen. Während ich konzentriert in die Kamera lächelte, fühlte ich seinen Arm an meinem. Ich wollte gut aussehen, es sollte das perfekte Foto von uns beiden werden.

Am liebsten hätte ich die anderen Mitarbeiter weggeschnitten, aber wenn Alissa und Mina das Foto dann gesehen hätten, wäre ihnen sofort klar gewesen, dass ich mehr für ihn empfinde. Doch mithilfe des Gruppenfotos konnte Milas auf meinem Nachttisch stehen.

»Du bist schwul?« Milas starrt mich ungläubig an. »Aber ... du siehst gar nicht so aus.«

»Wie sehen schwule Typen denn aus?« Meine

Stimme zittert. »Gepflegt? Mit engen Hosen? Weiblich?«

Zu Beginn hatte ich geglaubt, eine Chance bei ihm zu haben. Sogar bis letzte Woche habe ich das noch geglaubt.

Als er mit dem Roller in den Park gefahren kam, setzte ich mich aufrechter hin. Wenn er in der Nähe ist, bewege ich mich bewusster und achte darauf, wie ich aussehe.

Alissa tat das Gleiche, fuhr sich schnell mit der Hand durch die Haare. Ich habe mir nichts dabei gedacht, denn ich hatte nur Augen für Milas.

Die Wette war perfekt. Dank Alissa konnte ich endlich die Frage stellen, auf die ich schon seit Monaten eine Antwort haben wollte.

»Bist du schwul?«

Milas würde mit diesen wunderschönen blauen Augen aufsehen und Ja sagen. Und dann würde er mich küssen.

»*Nein*«, hat er in Wirklichkeit gesagt. »*Bin ich nicht.*«

Selbst danach hatte ich noch Hoffnung. Vielleicht befand er sich noch in der Verleugnungsphase so wie ich am Anfang. Vielleicht musste ich nur ein bisschen Geduld haben.

Doch jetzt, nachdem ich es ihm erzählt und seine Reaktion gesehen habe, ist klar, dass er nichts leugnet. Er ekelt sich bei der Vorstellung, dass ich ihn mit diesen Gedanken im Kopf ansehe.

In den letzten Monaten habe ich alles getan, um ihn zu vergessen. Ich habe mich bei der Arbeit krankgemeldet, habe versucht mir einzureden, dass er stinkt oder ich feststellen werde, was für einen furchtbaren Charakter er hat.

Das hat alles nicht funktioniert. Ich will, dass er mir gegenüber genauso ist wie zu Alissa. Er ist liebevoll, aufmerksam ... und komplett außer Reichweite für mich.

»Warum bist du dann mit Caitlin zusammen?« Alissa sieht mich an, als wäre ich ein Fremder.

Was hätte ich tun sollen? Alissa hat mir immer wieder zu verstehen gegeben, wie komisch es ist, dass ich die Aufmerksamkeit der Mädchen ignoriere. Caitlin war die Einzige, die für mich infrage kam, um es zu versuchen. Sie ist wirklich in Ordnung und ihre blauen Augen haben mich an Milas' Augen erinnert.

Alissa schüttelt den Kopf. »Du hast sie zur Tarnung benutzt.«

»Na und?«, schreie ich sie an. »Was kümmert es dich?«

Am liebsten würde ich das Gleiche tun wie Mina – Alissa eine Ohrfeige verpassen. Manchmal scheint es, als gehöre ihr die Welt. Sie hat keine Ahnung, wie es ist, wenn einem nicht alles zufliegt.

Sie ist meine beste Freundin und gleichzeitig hasse ich sie. Sie hat mir Milas weggenommen, auch wenn ich ihn niemals hatte.

Glaubt sie ernsthaft, dass ich mich wegen Caitlin nicht schuldig fühle? Ich brauchte Caitlin, denn ich war noch nicht bereit dazu, mich zu outen. Auch jetzt bin ich noch nicht bereit dazu. Niemand soll wegen meines Schwulseins seine Meinung über mich ändern.

Ich will zurück in Lieses Zimmer gehen, doch dann sehe ich zu meinem Entsetzen, dass Mina im Türrahmen steht.

Was hat sie alles gehört? Wahrscheinlich genug, um zu wissen, dass ich schwul bin, doch ihr Blick ist ganz anders als der von Alissa und Milas. Ihr Kopf ist leicht zur Seite geneigt, und ein kleines Lächeln spielt um ihre Lippen, so als hätte sie endlich ein schwieriges Sudoku gelöst, an dem sie wochenlang gesessen hat.

Mina weiß, wie es ist, anders als andere zu sein. Sie weiß, wie es sich anfühlt, dass Alissa alles hat und man selbst nichts. Jeden Tag lebt sie in Alissas Schatten.

»Komm«, sage ich zu Mina. »Lass uns den dritten Raum öffnen.«

MINA

Skys Hand zittert so sehr, dass er den Schlüssel nicht ins Schloss bekommt.

»Hey«, sage ich leise. »Lass mich mal.«

Sky ist in Milas verliebt. Ich kann es kaum glauben, ich habe immer gedacht, er würde Alissa toll finden. Aber warum eigentlich? Weil er am ersten Schultag gesagt hat, wie hübsch sie ist? Oder weil ich davon ausgegangen bin, dass alle Jungs sie toll finden?

»Nicht *alle* Jungs«, hat er gesagt, aber ich habe nicht verstanden, was er wirklich damit meinte.

In Milas ist er verliebt, genau wie Alissa. Also wird auch er mir nicht glauben, was in Lieses Zimmer passiert ist.

Die Tür geht auf und wir blicken in ein Jungenzimmer. Auf dem schmalen Bett liegt eine karierte Steppdecke, und ein Poster, das eine amerikanische

Footballmannschaft zeigt, hängt an der Wand darüber. Es gibt eine Kommode mit drei Schubfächern und in der Ecke steht ein Keyboard.

Überall liegen Bücher und Klamotten herum. Auf der Kommode stehen Fotos, die ich mir nacheinander ansehe. Eines zeigt ein Paar, das so alt ist wie meine Eltern, und ich betrachte es eingehend.

»Das muss die Ärztin sein.« Dann zeige ich auf ein anderes Foto. »Und das blonde Mädchen ist bestimmt Liese.«

Sky erwidert darauf nichts. Er hat sich aufs Bett gesetzt und die Augen geschlossen.

»Ist alles okay?«, frage ich.

Langsam schüttelt er den Kopf. »Die Hand tut weh, und ich habe Angst, dass ich zu viel Blut verliere.«

Ich schaue auf den feuchten Verband hinunter. Er muss gewechselt werden, doch ein neuer wird sich innerhalb von fünf Minuten ebenfalls vollgesogen haben.

»Ich würde die Wunden gerne nähen, aber ich weiß nicht, wie.«

Sky schenkt mir ein schiefes Grinsen. »Dann tu es besser nicht.«

Ich setze mich neben ihn und unsere Oberschenkel berühren sich. Er muss sich die ganze Zeit so einsam gefühlt haben, vor allem diese Woche, als Milas sich Hals über Kopf in Alissa verliebt hat.

»Du bist immer noch einfach Sky für mich. Egal, ob du schwul bist oder nicht.«

Sky sieht mich an. »Ich habe alles kaputt gemacht, Mina. Meinetwegen ist Caitlin –«

»Cleo will nichts von Caitlin. Es geht ihr um uns.«

Sky schluchzt, aber ich kann nicht sehen, ob er weint. Ich will ihn irgendwie trösten, er soll wissen, dass er nicht der Einzige mit einem Geheimnis ist.

»Ich spüre den Schmerz von anderen. Ich weiß schon vorher, dass jemandem etwas Schmerzhaftes passieren wird, denn ich fühle es in meinem eigenen Körper. Bevor Alissa sich das Handgelenk gebrochen hat, tat mir meines weh. So war es auch mit euren Piercings. Und mit deiner Hand.«

Einen Moment lang herrscht Stille. Was mache ich nur, wenn Sky denkt, ich bin so eine Dramaqueen wie Alissa?

»Kannst du auch irgendwelche Dinge sehen?«, fragt er. »Geister und so was?«

Ich kann nicht anders, als loszuprusten. »Nein, Gott sei Dank nicht.«

»Bleibst du deshalb so oft mit Bauchschmerzen zu Hause?«

Ich nicke. »Als die anderen in der Schule ihre Abschlussprüfungen hatten, konnte ich eine Woche lang kaum was essen. Ich habe ihre Nervosität gespürt, als wäre es meine gewesen.«

»Und du kannst so was vorhersagen, also du fühlst das, bevor es geschieht?«

Wieder nicke ich. »Es wird irgendetwas mit Milas' Magen passieren.«

Sky sieht mich alarmiert an. »Wird Cleo ihm etwas antun?«

»Vielleicht.«

»Wir müssen ihn warnen.« Sky will aufstehen, aber ich halte ihn davon ab.

»Er wird mir niemals glauben«, sage ich.

»Das weißt du nicht. Wir müssen –«

»Nein.« Ich bin selbst überrascht, wie bestimmt ich klinge. »Ich kann nicht zu Milas gehen.«

Sky fragt nicht weiter. Vielleicht ist er zu schwach dafür – oder er weiß, wie lästig es ist, unter Druck gesetzt zu werden, etwas zu sagen, was man für sich behalten will.

»Wie hältst du es eigentlich aus?«, fragt Sky nach einer Weile.

Inzwischen habe ich den kompletten Raum zwei

Mal abgesucht, während Sky auf dem Bett sitzen geblieben ist. Er wird immer blasser.

»Was genau meinst du?«

»Dass alle Jungs Alissa toll finden?«

Merkwürdigerweise tun die Worte aus Skys Mund nicht weh, auch wenn sie das Gleiche meinen wie Cleos Worte vorhin.

»Man gewöhnt sich daran, ihr Schatten zu sein«, sage ich.

»Du solltest kein Schatten sein«, sagt Sky. »Das darfst du nicht zulassen.«

»Es passiert automatisch.« Ich muss an die Sache im Park letzte Woche denken. Milas ignorierte mich und es war okay. Die hohe Mauer, hinter der ich stehe, beschützt mich auch. Niemand kann mir dort zu nahe kommen.

»Das ist echt schade«, sagt er. »Du kannst viel mehr, als du von dir zeigst.«

Seine Worte berühren mich. Ich weiß nicht, was ich dazu sagen soll, deshalb drücke ich eine Taste auf dem Keyboard, und zu meiner Überraschung ist es angeschlossen.

Lieses Stimme kommt aus dem Lautsprecher. Für mich fühlt es sich so an, als hätten wir sie seit Stunden nicht mehr gehört.

»Spielst du mir was vor?«

»*Okay*«, sagt eine Jungenstimme. Ist das hier sein Zimmer?

Dann ertönt gefühlvolle Klaviermusik. Jede gespielte Note erwärmt mein Herz und eine starke Erinnerung bahnt sich ihren Weg in mein Bewusstsein.

Es ist Weihnachten und ich sitze mit meinen Eltern in der Kirche. Nur an diesem Tag im Jahr gehen wir dorthin. Ich sitze zwischen den beiden, meine Mutter steckt etwas Geld in den Kollektenbeutel, und mein Vater legt seinen Arm um mich, der lang genug ist, um noch meine Mutter neben mir zu erreichen.

Es ist einer dieser seltenen Momente, in denen wir drei zusammen sind, ohne Arbeit, Stress und Ärger. Wird es je wieder so einen Moment geben?

Die Klaviermusik aus dem Lautsprecher verstummt.

Es scheint nur ein unschuldiges Musikstück gewesen zu sein, aber ich weiß, dass nichts in diesem Escape Room ohne Grund passiert. Cleo gibt uns weiterhin Rätsel auf, auch wenn ich mir sicher bin, dass sie uns niemals gehen lassen wird.

»Es ist das Keyboard.« Ich zeige auf die weißen und schwarzen Tasten. »Wir müssen darauf etwas spielen.«

»Aber was?«, fragt Sky.

Mir fällt der Hinweis in Lieses Zimmer ein. Wir dachten, der Raum wäre nur ein Ablenkungsmanöver gewesen, aber das stimmt nicht.

»Die Musikbox«, sage ich. »Beethoven.«

Sky hebt den Blick. »Milas spielt Keyboard.«

MILAS

Wie hat Cleo herausfinden können, dass Sky sich in mich verliebt hat, wenn ich selbst es nicht gemerkt habe, obwohl es direkt vor meiner Nase passiert ist?

Ich werfe Alissa einen Seitenblick zu. Seit nur noch wir zwei in diesem Raum sind, schweigt sie. Ich glaube, sie ist auf meiner Seite, aber sicher bin ich mir nicht.

Ich will sie hier drinnen beschützen, das muss sie verstehen. Sie soll wissen, dass ich für sie da bin.

»Kannst du uns helfen?«

Mina steht im Türrahmen, und ich brauche einen Moment, um zu begreifen, dass sie die Frage an mich gerichtet hat.

Es überrascht mich, dass sie sich traut, mich anzusprechen, nach dem, was in Lieses Zimmer passiert ist.

»Kannst du *Für Elise* auf dem Keyboard spielen?«, fragt sie nervös.

Ich sehe das Keyboard in meinem Zimmer vor mir, das Geschenk von meinem Vater, auf dem ich noch nie gespielt habe. Aus Angst, es könnte genau die Erinnerungen hervorbringen, die ich so verzweifelt versuche zu verdrängen.

»Damit kommen wir in den letzten Raum.«

Alissa ignoriert Mina völlig. Sie hat ihre beiden Freunde verloren, aber das wird Cleo nicht reichen. Bald ist Alissa an der Reihe …

»Ich komme.«

SKY

Milas sieht immer noch genauso gut aus wie vor ein paar Minuten. Wie soll ich ihn bloß jemals aus dem Kopf bekommen, wo ich ihn doch mit geschlossenen Augen zeichnen könnte?

Ich weiß, dass er ein kleines Muttermal am rechten Ohr hat. Dass er es mag, wenn Dinge an ihrem Platz liegen und dabei Linien bilden. Oft genug hat er schon meinen Arbeitsplatz aufgeräumt. Komme ich zum Beispiel von der Toilette zurück, liegt mein Messer auf einmal in einer Linie mit dem Brett, die Tomaten sind ordentlich geschnitten und aufgereiht und das Geschirrhandtuch hängt gefaltet am Ofengriff. Milas macht alles auf eine perfekte Art und Weise. Er ist Perfektion pur.

»Ich soll Beethoven spielen?«, fragt er mich jetzt mit einem distanzierten Klang in der Stimme. Es fällt ihm offensichtlich schwer, mich anzusehen.

»Ja.« Ich zeige zum Keyboard. »Kannst du *Für Elise* spielen?«

Milas nickt und setzt sich ans Keyboard. Zuerst spielt er das Lied nicht ganz richtig, und ich will schon vorschlagen, die Musikbox aus Lieses Zimmer zu holen. Doch dann erklingen die richtigen Töne in dem Raum.

Falls wir jemals hier herauskommen, werde ich mir dieses Lied nie wieder anhören können. Es würde mich jedes Mal an diese Szene erinnern der blutdurchtränkte Verband um meine Hand und Milas, der sich nicht traut, mich anzusehen; Mina und Alissa, die nicht mehr miteinander reden, und Caitlins Haarsträhne auf dem Fußboden in dem anderen Raum. Cleo hat uns vollständig auseinandergerissen.

Der Schlüssel für den letzten Raum befindet sich in einer Schublade, die aus dem Keyboard fährt, sobald Milas mit dem Spielen aufgehört hat. Sofort geht er zu Alissa in das Behandlungszimmer zurück, es ist mittlerweile zu schmerzhaft, wenn wir alle vier in einem Raum sind.

Mich durchfährt auch kein Adrenalinstoß mehr, wenn wir etwas Neues finden. Alles, was ich fühle, ist Leere und Benommenheit.

Der letzte Raum ist ein Wohnzimmer mit einem Bücherregal, einem Esstisch mit fünf Stühlen, einem durchgesessenen Sofa und einer offenen Küche. Auf dem Esstisch stehen Kerzen, das hart gewordene Wachs bedeckt die Leuchter.

Schnell läuft Mina zu den Fenstern, aber sie sind natürlich nicht echt, dahinter befindet sich nur eine Steinmauer.

Ich versuche mir vorzustellen, wie andere Leute diesen Escape Room erlebt haben. Sie haben ihm fünf Sterne gegeben. Hätte ich das auch getan, wenn Cleo nicht hier wäre? Vielleicht.

Ich setze mich erschöpft aufs Sofa, Schwindel durchfährt mich.

Wie fühlt es sich an, wenn man an Blutverlust stirbt? Wahrscheinlich verliert man erst das Bewusstsein und driftet dann davon, bis das Herz aufhört zu schlagen.

Ob es wehtut?

»Kann ich die Kerzen anzünden?«

»Später, okay?«

Da sind die Stimmen wieder. Ich halte das nicht mehr aus. Ich versuche, sie auszublenden, aber die Lautsprecher verstummen bereits wieder.

Ich sehe, wie Mina jede einzelne Kerze umdreht und darunterschaut.

Was hoffen wir eigentlich zu finden?

Cleo wird uns nicht rauslassen, sie wird mich hier drin verbluten lassen.

Als Mina und ich den Schlüssel in Lieses Zimmer gefunden haben, hatten wir noch ein bisschen Hoffnung. Doch die ist nun verschwunden.

Und dann erinnere ich mich an das Gespräch, das Mina und ich unterbrochen haben, als wir die lose Diele entdeckten.

»Du hast mir das mit dem Streit zwischen dir und Alissa wegen Milas gar nicht zu Ende erzählt.«

Mina sucht einfach weiter das Wohnzimmer ab und ignoriert meinen Kommentar.

»Mina?«

Jetzt sieht sie zu mir. »Vergiss es einfach.«

»Warum?«

»Du würdest mir sowieso nicht glauben. Vor allem jetzt nicht mehr.«

»Weil ich in ihn verliebt bin, meinst du?« Werde ich mich je daran gewöhnen, es laut auszusprechen?

»Genau.« Mina seufzt. »Milas hat mir gedroht. Er hat seine Hand an meine Kehle gehalten und mit dem Daumen dagegengedrückt. Hier.« Mina zeigt auf eine Stelle an ihrem Hals. »Er wollte von mir, dass ich Alissa nicht erzähle, was ich gesehen habe.«

Das ist alles zu viel für mich.

»Er hat versucht, dich zu würgen?«

»Er hat mich bedroht«, sagt sie. »Er ist schlau genug, keine Spuren zu hinterlassen.«

Geht es hier um den gleichen Milas, den ich kenne? Mina hat recht, ich glaube ihr nicht.

Milas ist die Ruhe selbst. Er wird nie wütend, auch nicht, wenn in der Pizzeria etwas mit einer Bestellung schiefgeht. Wenn manchmal viel los ist und alle anderen gestresst sind, bleibt er cool. Ich habe ihn noch nie fluchen gehört oder erlebt, dass er laut geworden ist.

»Gestern habe ich mitbekommen, wie er jemanden, der an ihm vorbeigelaufen ist, angeschrien hat.«

Ich versuche, mir das vorzustellen, aber es gelingt mir nicht.

»Dieser Jemand war Cleo.«

Mir fährt ein Schauder über den Rücken, doch seltsamerweise ist der gleichzeitig klitschnass. Meine Hand pocht vor Schmerz.

»Ich will dir nicht wehtun.« Mina setzt sich neben mich mit ihren kurz geschnittenen Haaren. Sie hat sie sich von Alissa schneiden lassen, um meine Alibi-Freundin zu retten. Mina tut alles für andere, warum sollte sie mich anlügen? Sie scheint große Angst vor Milas zu haben.

Dann fällt mir wieder Milas' Blick ein, als ich zugab, ihn zu mögen. Seine Augen waren so kalt, dass ich glaubte, mir würde nie wieder warm werden. *Dieser* Milas könnte in der Tat wütend werden, *dieser* Milas wäre auch fähig, Mina zu bedrohen. Und offensichtlich ist er Cleo schon einmal begegnet.

»Wir müssen Alissa von ihm wegholen.«

Mina sieht mich überrascht an. »Aber sie glaubt mir nicht, es hat keinen Sinn.«

»Ich weiß.« Mir ist immer noch schwindelig, aber ich blinzele es weg. Das ist nicht der richtige Moment, um zu sterben. Ich muss weiterkämpfen. »Aber wir machen es trotzdem.«

ALISSA

Ich halte es nicht mehr aus.

Sky hat vorgegeben, in Caitlin verliebt zu sein.

Mina erfindet Geschichten über Milas.

Sie sind beide Lügner.

Als ich aufstehe, merke ich, wie Milas mir hinterhersieht, aber er fragt nicht, wohin ich gehe. Was gut ist, denn ich würde es wahrscheinlich nicht wagen, ihm eine ehrliche Antwort zu geben.

Ich schließe Lieses Zimmertür hinter mir. Meine Blase tut weh. Schon als wir den Escape Room betreten haben, musste ich auf die Toilette.

Der Teppichläufer scheint mich anzugrinsen. Ich kann mich hier schlecht einfach hinhocken, oder?

Der Gedanke daran, dass Cleo mich beobachtet, macht mich unglaublich nervös.

Ich kann nicht. Es bedeutet, das letzte bisschen Würde zu verlieren.

In der hintersten Ecke ziehe ich meine Hosen hinunter und hoffe, dass ich aus Cleos Sichtfeld bin.

Es dauert einen Moment, doch dann ergießt sich mein Urin auf dem Holzfußboden.

»Was ist los?«, fragt Milas, als ich zurückkomme.

Ich will nicht reden, ich will mich so fühlen wie gestern Abend auf seinem Bett.

Ich will mich wieder wie ich selbst fühlen, nur für einen Moment.

»Küss mich.« Ich sehe ihn an und ziehe ihn in eine Zimmerecke. »Bitte.«

X

ES hat alles, aber das ist nie genug.

MINA

Milas und Alissa küssen sich, als wir in den Behandlungsraum kommen. Skys Gesicht verdunkelt sich, und ich greife schnell nach seiner gesunden Hand, um ihn wissen zu lassen, dass er nicht allein ist.

»Lass sie los.« Sky redet als Erster. »Jetzt.«

Alissa und Milas sehen gleichzeitig auf, die Überraschung ist ihnen ins Gesicht geschrieben.

»Wie bitte?«, fragt Milas. »Was geht dich das an?«

»Du hast Mina bedroht.«

Sky ist so direkt, wie er es immer war. Und es funktioniert, denn Milas blinzelt nervös.

»Das stimmt nicht.«

»Mina hat mir alles erzählt.« Jetzt sieht Sky zu Alissa. »Warum glaubst du ihr nicht?«

»Sie lügt.« Alissa sieht mich an. »Ihr lügt beide.«

Es hat keinen Sinn. Sie will uns nicht glauben.

Jahrelang waren wir Freunde, aber das scheint nichts zu bedeuten angesichts dieses Typen, den sie gerade mal seit einer Woche kennt.

Es liegt an Milas, er spielt ein perfektes Spiel. Wenn ich Alissa wäre, würde ich ihm auch vertrauen. Er hat etwas Charismatisches an sich.

Peng. Ein weiterer Plastikball rollt aus dem Automaten und fällt zu Boden.

Ich wette, Cleo will weiter Öl ins Feuer gießen. Ich bin zu erschöpft, um nachzufragen, was auf dem Zettel steht. Alissa ist die Einzige, die sich die Mühe macht, ihn zu lesen.

Ihre Augen bewegen sich schnell hin und her und dann sieht sie zu mir. Ein seltsamer Ausdruck, den ich noch nie bei ihr gesehen habe, zeigt sich auf ihrem Gesicht. Dann dreht sie sich zu Milas und nimmt seine Hand. Den Ball und die Nachricht legt sie auf den Schreibtisch und läuft dann an uns vorbei. Ich will sie aufhalten, will ihr sagen, dass sie meine beste Freundin ist – trotz allem, was heute Abend passiert ist. Und dass mir die Ohrfeige leidtut, dass ich es nur getan habe, weil ich in dem Moment nicht anders konnte. Es stimmt, manchmal bin ich eifersüchtig auf sie, aber ich würde niemals Lügen über Milas verbreiten.

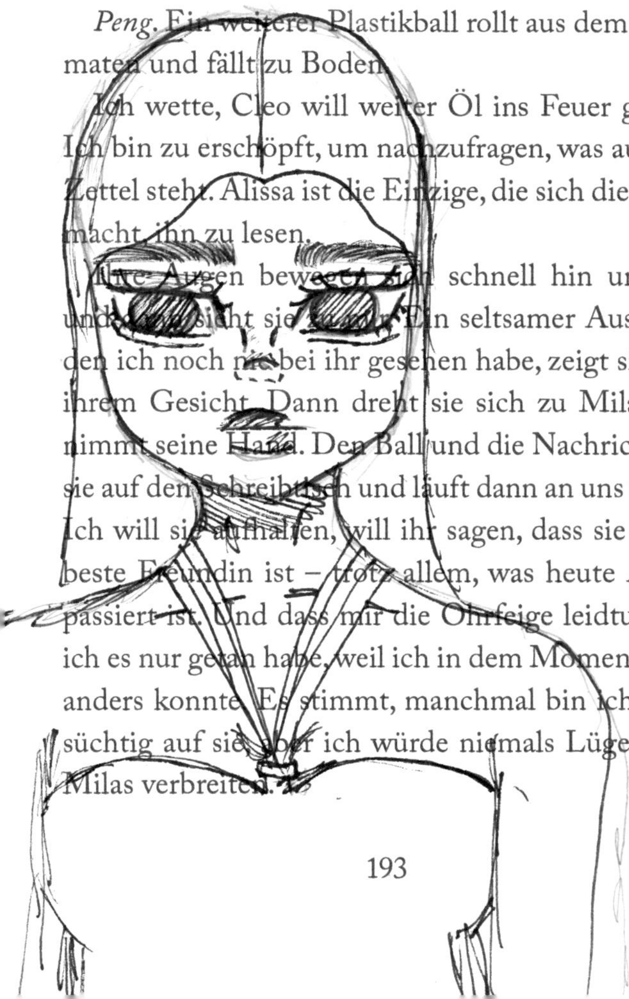

Doch ich schaffe es nicht, das alles zu sagen, ich fühle mich besiegt.

Ich höre, wie Alissa die Tür des Jungenzimmers hinter sich und Milas schließt. Jetzt ist es zwei gegen zwei. Falls wir diesen Escape Room jemals verlassen, werden wir es nicht als Freunde tun.

Tränen brennen in meinen Augen. Mich kümmert es mittlerweile nicht mehr, ob Cleo mich weinen sieht. Es ist alles egal.

»Mina …« Skys Stimme dringt von weit her zu mir.

Mit dem Ärmel wische ich mir über die Augen, doch sofort steigen neue Tränen auf.

»Lies Cleos Nachricht.« Sky hält mir das Papier hin.

Ihr habt keinen Plan und seid bald schachmatt,
ich bin nicht die Einzige,
die euch im Blick hat.
Ich kann nicht fassen, dass ihr nicht seht,
dass ein Komplize hinter mir steht.
Ich sagte es schon hier –
Milas gehört zu mir.

ALISSA

»Alles okay mit dir?« Milas legt seine Arme um mich. Doch die Umarmung fühlt sich plötzlich so an wie dieser Escape Room – wie etwas, dem ich nicht entkommen kann. Mein Herz schlägt so doll, dass ich befürchte, Milas könnte es hören.

Es kann nicht wahr sein. Oder?

Milas sieht mich an. »Du atmest so schnell.«

»Ich brauche nur einen Moment.« Ich wende den Blick ab, aus Angst, er könnte bemerken, dass ich mich vor ihm fürchte. Sollte er wirklich mit Cleo gemeinsame Sache machen, dann ist er mindestens genauso verrückt wie sie, wenn nicht noch irrer. Die ganze Zeit über hat er so getan, als wäre er auf unserer Seite. Er hat mich in dem Glauben gelassen, er wäre in mich verliebt.

Oder … Cleo lügt. Sie muss lügen. Sie versucht, uns alle auseinanderzubringen; das muss es sein.

Milas ist echt.

Und dann bleibt mein Blick an den Fotos hängen.

Auf der Kommode steht, neben ein paar anderen Bildern, ein goldgerahmtes Foto eines blonden Mädchens.

Das muss Liese sein.

Aber warum kommt sie mir so bekannt vor?

Irgendwo habe ich sie schon mal gesehen. Aber das ist unmöglich, oder?

Doch da sehe ich das Bild auf einmal genau vor mir, ein heller Rahmen, umgeben von anderen Fotos auf einem Bücherregal …

Joliekes Bücherregal.

Als ich mir die anderen Fotos genauer ansehe, erkenne ich noch jemanden. Auf einem Bild, das in einem Holzrahmen steckt, ist ein Paar zu sehen. Der Mann hat dunkles Haar und Augen, die genauso aussehen wie ein anderes, mir bekanntes Augenpaar.

Ich merke, wie ich die Luft anhalte.

Der Mann auf dem Bild ist Milas' Vater.

MILAS

Hat Alissa die Fotos erkannt? Sie geht zur Tür und dreht den Schlüssel herum. Da sie mir den Rücken zuwendet, sehe ich ihr Gesicht nicht.

»Was machst du da?«, frage ich.

Es dauert einen Moment, bevor sie antwortet.

»Ich will sie nicht mehr sehen.«

In meinem Bauch kribbelt es. Sie glaubt mir, sie hat sich für mich entschieden.

Ich muss an den Zettel in meiner Hosentasche denken. Sobald wir hier rauskommen, muss ich ihn vernichten. Alissa darf ihn niemals lesen.

Als Cleo schrieb, dass ich mit ihr gemeinsame Sache mache, konnte ich es nicht fassen. Warum hat sie mich verraten? Weil ich Alissa zugestimmt habe, als sie sagte, Cleo sei krank?

Ich muss an Skys Hand denken. Als das passiert ist, wurde mir klar, dass Cleo viel weiter gehen würde, als sie versprochen hat. Ich kann sie nicht mehr aufhalten, alles ist so unglaublich schnell gegangen. Caitlins Gefangenschaft, Minas Haare, Skys Geheimnis …

Alles, was jetzt zählt, ist Alissas Sicherheit. Ich muss dafür sorgen, dass Cleo ihr nichts antut.

Ich setze mich aufs Bett. Dieser Raum hier ist so detailgetreu nachgestellt, dass ich genau hinsehen muss, um Unterschiede zu erkennen.

Es ist mein Zimmer und gleichzeitig auch wieder nicht.

Es ist eine Kulisse.

Alissa steht jetzt wieder vor den Fotos. Sie muss da weg, so schnell wie möglich.

»Das mit deinen Freunden tut mir leid«, sage ich, um sie abzulenken.

»Freunde sind ätzend«, entgegnet sie leise.

Wenn wir hier raus sind, wird sie Mina und Sky irgendwann vergessen. Ich wollte nicht, dass es auf diese Weise geschieht, aber Mina hat alles kaputt gemacht.

Hätte sie mich nicht draußen bei den Weiden gesehen und hätte sie ihren Mund gehalten, dann wären Alissa und sie noch befreundet.

Doch Mina ist ein Störenfried. Genau wie Pia,

Karlijns beste Freundin, die über mich tratschte, wenn sie dachte, dass ich es nicht höre. *»Es ist, als hätte Milas keine Gefühle.«* Das waren Pias Worte. *»Er hat nicht ein Mal geweint wegen dem, was passiert ist.«*

Ich hätte sie am liebsten zum Schweigen gebracht, aber ich stand nur da und hörte zu. Karlijn sagte, dass es mir nicht gut ginge und ich über solche Dinge eben nicht reden würde. Sie hat mich verteidigt und trotzdem war ich verunsichert. Ich wusste, dass es nur eine Frage der Zeit war, dass Karlijn mich darauf ansprechen würde.

An unserem letzten Nachmittag fragte sie mich, wie meine Therapie lief. Ob ich das Gefühl hätte, mit dem Therapeuten über alles reden zu können.

Es war der absolut falsche Moment für so eine Frage. Wir lagen auf dem Bett, alles, was ich anhatte, waren meine Boxershorts und sie lag mit aufgeknöpfter Bluse unter mir.

»Du kennst mich«, war meine einfache Antwort.

»Du musst darüber reden«, sagte Karlijn. »Auch mit mir.«

»Da fallen mir bessere Dinge ein, die wir tun können.« Ich versuchte, das Thema wegzuküssen, aber Karlijn stieß mich von sich.

»Dir geht es nicht gut, das merke ich doch!«

»Es geht mir prima.«

»Warum deckst du dann immer den Spiegel ab?«

Ich sah zum Kleiderschrank und dem Handtuch, das über dem Spiegel hing.

»Was willst du von mir?«

Karlijn setzte sich auf. »Ich will wissen, was in deinem Kopf vorgeht.«

Das wollte sie nicht wirklich wissen, nicht mal ich selbst wollte das ja.

Ich zog mir mein T-Shirt wieder über. »Da geht nicht viel vor sich.«

»Es muss dir nichts unangenehm sein.« Sie legte ihre sanfte Hand auf meine Wange. »Ich bin für dich da.«

Die Berührung machte mich schwach. »Nicht …«

»Du konntest nichts tun, Milas.«

Sie musste aufhören zu reden. Mein Blut fühlte sich an wie Mineralwasser, prickelnd und zischend.

»Ich weiß, dass du dich schuldig fühlst, aber das solltest du nicht. Du musst weitermachen, auch wenn ich weiß, dass –«

»Du weißt überhaupt nichts!«

Karlijn erschrak, weil ich plötzlich laut geworden war.

»Du hast deine Eltern noch, also erzähl mir nichts

davon, dass ich weitermachen muss, denn es gibt keinen Weg nach vorne, nur zurück.«

Ich wusste, dass es besser wäre, aufzuhören, doch die Worte sprudelten aus mir heraus wie ein Wasserfall.

»Ich ekele mich vor mir selbst, okay? Vor meinem perfekten Gesicht, das keine Narben hat. Und ich bin sauer auf dich, weil du immer noch mit mir zusammen sein willst, trotz allem.«

Mit zitternden Händen knöpfte Karlijn ihre Bluse zu, sodass der rote BH, den ich so gern mochte, verdeckt wurde. Und aus irgendeinem Grund wurde ich dadurch noch wütender.

»*Ich* habe meinen Vater umgebracht. Du weiß das. Ich bin ein Mörder.«

Karlijn nahm ihre Schuhe in die Hand und ging Richtung Tür. Verzweifelt griff ich nach ihrem Handgelenk.

»Du bleibst hier.«

»Du tust mir weh.« Karlijn befreite sich und ging in den Flur hinaus.

»Du wolltest doch, dass ich rede.« Ich war direkt hinter ihr. »Jetzt rede ich!«

Sie wollte weg von mir, ich musste sie aufhalten. Ich versperrte ihr den Weg und sie sah hektisch von der Tür zu mir und wieder zurück. Sie konnte nirgendwohin.

»Lass mich gehen.«

»Wo willst du hin?« Mir fiel auf, dass ich völlig außer Atem war. »Zu Pia? Damit ihr wieder über mich herziehen könnt?«

Karlijns Gesicht erstarrte. Jetzt wusste sie, dass ich sie und Pia belauscht hatte, und das machte sie wütend.

»Ich hätte auf sie hören sollen. Du bist wirklich gestört.«

Mit einem Mal packte ich sie, es ging ganz schnell. In Sekundenbruchteilen legte ich meine Hand um ihre Kehle. Ich presste meinen Daumen in ihre Haut.

Bevor ich überhaupt wusste, was ich da tat, durchfuhr mich ein Schmerz am Schienbein. Karlijn hatte mich getreten. Ich ließ sie los und sie rannte zur Wohnungstür.

»Nein!« Ich grapschte nach ihrer Bluse, zerrte daran und wir fielen beide durch die Tür auf den Boden vor der Wohnung.

»Ist hier alles in Ordnung?« Der Nachbar kam in den Hausflur. Karlijn stürmte zum Fahrstuhl. Ich sah ihr nach und wusste, dass ich sie für immer verloren hatte.

Ich sehe auf die Steppdecke, die unter mir liegt. Es ist die gleiche wie an dem Tag, als alles schiefging.

In dem Moment höre ich das Geräusch von Glas, das zerbricht.

SKY

»Es ist abgeschlossen.« Mina sieht mich panisch an.

Ich will sagen, dass alles gut wird, aber wie kann ich das, wenn ich es selbst nicht glaube?

Alissa ist da drin, mit ihm.

Milas arbeitet mit Cleo zusammen.

Während der ganzen Zeit, die ich in ihn verliebt war, hat er mit ihr unter einer Decke gesteckt.

War er derjenige, der dafür gesorgt hat, dass ich den Flyer finde? So muss es gewesen sein.

In meinem Kopf dreht sich alles, aber wenn ich mich jetzt hinsetze, würde ich Alissa im Stich lassen.

Mina sieht mich mit großen Augen an. »Alissa hat die Tür selbst zugeschlossen! Deshalb hat sie mich so komisch angesehen, sie versucht, uns zu beschützen.«

ALISSA

Milas scheint mit seinen Gedanken ganz woanders zu sein. Wenn ich es tun will, dann jetzt.

Mit dem Ellbogen schlage ich gegen den Bilderrahmen mit dem Foto von Milas' Vater. Er fällt herunter und das Glas zersplittert auf dem Boden.

»Was machst du da?«, fragt er.

Schnell beuge ich mich hinunter, um die Scherben aufzusammeln. »War nur ein Missgeschick.«

Das größte Stück ist halb unter die Kommode gerutscht. Genau das Stück will ich haben.

»Sei vorsichtig«, warnt er mich. »Nicht, dass du dich noch schneidest.«

Die ganze Zeit habe ich nichts gemerkt. Ich dachte, er mag mich wirklich.

Ich ziehe die Glasscherbe hervor, sie ist rasiermesserscharf, genau wie ich gehofft habe.

Mit der Scherbe in der einen und dem Foto in der

anderen Hand stehe ich auf. Ich muss wissen, wer Milas ist, warum er das alles hier macht.

»Wer ist das?«

Milas sieht auf das Foto und erstarrt.

»Wie … wie bitte?«

»Der Mann ist dein Vater, aber wer ist die Frau?«

Ein Muskel in Milas' Schläfe beginnt zu zucken. Er antwortet nicht, aber das sagt alles. Ich habe ihn in die Ecke gedrängt, es gibt keinen Ausweg für ihn.

»Das muss Liese sein.« Ich zeige auf das junge, blonde Mädchen, dessen Bild noch auf der Kommode steht. »Ich habe sie auch bei deiner Mutter gesehen, auf einem Foto im Bücherregal. Was machen diese Bilder hier, in diesem Escape Room? Warum hängt da ein Foto von deinem Vater? Woher kennst du Cleo? Wer *bist* du, Milas?«

Seine Augen verengen sich. »Jolieke ist nicht meine Mutter.« Seine Worte hängen wie dicker Nebel im Raum. »Jolieke ist meine Tante. Das …« Milas zeigt auf das Foto in meiner Hand. »*Das* ist meine Mutter. Sie ist auch tot.«

Ich verstehe es nicht, das ist unmöglich. Ich war doch bei ihm zu Hause. Jolieke hat sich mir als seine Mutter vorgestellt. Aber vielleicht habe ich das auch nur angenommen, weil es der Normalfall ist: Kinder leben bei ihren Eltern.

»Das hier ist mein altes Zimmer«, sagt Milas und sieht sich um. »Mein Zimmer in unserem alten Zuhause. Meine Mutter war Hausärztin und meine kleine Schwester Liese wollte Ballerina werden. Cleo hat unser ganzes Haus nachgestellt.«

Ich bekomme kaum Luft. Milas macht es jede Sekunde schlimmer. Was sagt er da?

Cleo und Milas. Milas und Cleo. Wie gehören sie zusammen? Auf gewisse Weise ahne ich die Antwort schon.

»Wer ist Cleo?«, frage ich ängstlich.

Milas sieht mich direkt an. »Cleo ist meine Schwester.«

X

»Wer ist Cleo?«, fragt ES.
Ich halte den Atem an.
Wird er endlich zu mir stehen?
»Cleo ist meine Schwester.«
Jetzt ist es raus.
War das so schwer, kleiner Bruder?

ALISSA

Cleo ist Milas' Schwester.

Jetzt erinnere ich mich an das Foto von Jolieke mit einer Freundin in einem Eiscafé. Nur dass es keine Freundin war, sondern Cleo. Damals hatte sie noch dunkle Haare, so wie Milas. Sie muss sie später gefärbt haben, sonst hätte ich sie vielleicht schon im Eingangsbereich des Escape Rooms erkannt.

Ich muss daran denken, wie Milas mich in das Behandlungszimmer gezogen hat. Ich dachte, er wolle mir helfen, dabei wollte er nur sichergehen, dass Cleo ihren Plan durchziehen kann.

»Ich will es dir erklären«, sagt er und steht auf.

Reflexartig ziehe ich die Hand hinter dem Rücken hervor und halte die Glasscherbe in seine Richtung. »Komm ja nicht näher!«

Milas hält die Hände in die Höhe. »Okay, okay, beruhig dich …«

»Du hast zugelassen, dass Skys Hand verletzt wird und dass ich Minas Haare abschneide.«

Milas sieht mich verzweifelt an. »Ich hatte keine Ahnung, dass Cleo so weit gehen würde. Wirklich nicht! Ich bin nur mitgekommen, um dich zu beschützen. Verstehst du das nicht?«

»Warum wir? Was wollt ihr von uns?«

»Nicht von euch.« Milas sieht auf seine Füße. »Mina und Sky sind nur Statisten.«

Immer noch halte ich schützend die Glasscherbe vor mich. »Was meinst du damit?«

Milas atmet tief ein. »Es ging von Anfang an um dich.«

MILAS

Cleo wollte Alissa Angst machen. Nur Angst machen. Zumindest hat sie das gesagt.

Doch dann wurde Skys Hand in der Luke eingeklemmt. Zuerst dachte ich, es wäre ein Unfall gewesen, bis ich begriff, dass meine Schwester anfing, ein komplett anderes Spiel zu spielen. Was allein ihre Entscheidung war.

Ich konnte nicht mehr zurück. Genau wie die anderen war ich eingesperrt.

»Um mich?«, fragt Alissa und ringt nach Luft. »Was habe ich euch getan?«

Ich kannte Alissa nur aus Cleos Erzählungen. Monatelang hat Cleo sie verfolgt und mir ständig von Alissas Interview in dieser Dokumentation erzählt, die ich mir gar nicht ansehen wollte. Ich wollte die Vergangenheit hinter mir lassen.

Doch Cleo konnte das nicht. Sie hat sich komplett

auf Alissa fixiert und sich schließlich überlegt, sie in den Escape Room zu locken.

Es war purer Zufall, dass ich Alissa kennengelernt habe. Erst als sie sich mir vorstellte, wurde mir klar, dass sie diejenige ist, von der meine Schwester seit Monaten spricht.

Und von der ersten Sekunde an mochte ich Alissa. Ich konnte nichts dagegen tun. Sie hat etwas in mir berührt und das ist nach Karlijn zum ersten Mal passiert.

Ich habe versucht, Cleo den Plan auszureden, aber sie wollte nichts davon hören.

Sie hat nur immer wieder gesagt, dass es ein Zeichen ist, dass ich Alissa getroffen habe, und dass es bedeuten würde, das Ganze solle vorangehen.

Und dann rief Alissa an und fragte, ob ich mit ihnen zu dem Escape Room gehen will. Cleo hat den Flyer in der Pizzeria liegen gelassen und Sky hat ihn gefunden.

Was sollte ich tun?

Mir blieb nur mitzugehen, in der Hoffnung, Cleo würde sich zurückhalten, wenn ich dabei bin.

Und nur so würde ich Alissa beschützen können und sichergehen, dass alle drei unbeschadet wieder rauskommen.

In den vergangenen Monaten hat Jolieke mich mehrmals wegen Cleo gewarnt. Sie sagte, meine Schwester wäre verwirrt und bräuchte Hilfe. Aber Cleo ist über achtzehn, sie kann selbst entscheiden, was sie tut, und sie wollte keine Therapie.

Jedes Mal hat sie auf perfekte Art und Weise die Sozialarbeiter getäuscht, hat an den richtigen Stellen gelächelt und ist mit allem davongekommen. Sie überzeugte den Arzt davon, dass es ihr gut gehe und dass sie sogar darüber nachdächte, weiterzustudieren.

Doch ich wusste, dass es ihr nicht gut ging. Mehr und mehr hat sie sich in ihrem Zimmer im Studentenwohnheim zurückgezogen. Wenn ich bei ihr war, sprach sie immer nur über Alissa oder den Escape Room, wo sie als Aushilfe arbeitete. Die Angestellten dort fanden ihre Idee mit *Happy Family* so gut, dass sie tatsächlich die Räume danach einrichteten.

»Warte nur, bis du es siehst, kleiner Bruder«, sagte sie. »Alles ist genauso, wie es sein soll.«

Jolieke habe ich nicht erzählt, was Cleo vorhat. Wenn sie gewusst hätte, dass Cleo unser Haus nachgebildet hat …

Ich konnte Cleo nicht in den Rücken fallen. Immerhin ist sie meine Schwester.

Sie ist die Einzige, die mir von meiner Familie geblieben ist. Mein Vater, meine Mutter, Liese – sie sind alle tot.

»Du lebst«, sage ich jetzt zu Alissa. »*Das* hast du uns angetan.« Ich will nicht darüber reden, es tut zu weh. Aber Alissa muss verstehen, warum Cleo das alles hier macht. »Unser altes Haus gibt es nicht mehr«, sage ich. »Es ist weg, niedergebrannt.«

Alissas Augen werden groß, und ich sehe regelrecht, wie die Rädchen in ihrem Kopf sich drehen. Ich muss sie ihr erzählen, die Geschichte, die mein Psychologe so gerne hören wollte und die Jolieke monatelang versucht hat, aus mir herauszubekommen.

»An dem Abend, als alles schiefging, war ich unterwegs. Mein Vater sagte, ich soll um zehn zu Hause sein, es war Heiligabend, und er wollte, dass wir alle zusammen sind. Ich fand das unsinnig, so früh daheim zu sein, ich war doch schon siebzehn. Wir sind tanzen gegangen: Karlijn, ihre beste Freundin Pia und ich. Ich war sauer auf meinen Vater wegen des Streits, den wir hatten, bevor ich losgezogen bin. Wir drei haben uns total betrunken. Als ich schließlich um zwölf nach Hause kam, sah ich Rauchwolken über den Häusern. Ich erinnere mich, dass ich es zuerst aufregend fand, ich hab mich sogar beeilt, um schneller da zu sein. Doch als ich in unsere Straße bog, stellte ich fest, dass es unser Haus war, das brannte. Schlagartig war ich wieder nüchtern. Ich rannte zum Zaun und ein Feuerwehrmann hielt mich zurück. Er rief, dass sein Kollege im Haus sei und dass ich draußen warten solle. Er wollte wissen, wie viele Menschen drinnen waren, und ich sagte, vier. Cleo wohnte zwar schon in einem Studentenwohnheim, aber wegen der Feiertage war sie in dieser Nacht zu Hause. Das Warten machte mich verrückt. Die Flammen schlugen aus den Fenstern und überall war Rauch. Dann kam Cleo heraus. Sie hatte eine große Brandwunde am Hals und wurde von einem Feuerwehrmann gestützt. Sie wollte zurücklaufen, weil Liese um Hilfe gerufen hatte, doch der Feuerwehrmann schüttelte den Kopf. *›Ihr bleibt hier, wir helfen eurer Familie‹*, sagte er und ging mit seinem Kollegen zurück zum brennenden Haus. Ich beobachtete, wie sie hineinrannten. Während Cleo im Krankenwagen versorgt wurde, weitete sich das Inferno aus. Cleo kam wieder zu mir, sie hatte einen Verband bekommen und eine Decke lag um ihre Schultern. Ich hielt sie fest, denn ich hatte Angst, sie würde zurück ins Haus rennen, um Liese zu holen. Und in dem Moment … stürzte etwas in sich zusammen. Das Schlafzimmer meiner Eltern, glaube ich. Die Nachbarn, die um uns herum standen, schrien auf und riefen irgendwelche Dinge, doch Cleo und ich blieben stumm. Noch mehr Feuerwehrleute liefen ins Haus, sie riefen, aber die Namen sagten mir nichts. Und dann kam ein Mann heraus, derselbe, der Cleo zu mir gebracht hatte. Der versprochen hatte, er würde unsere Familie retten. Sein ganzes Gesicht war schwarz und er konnte kaum stehen. Der Typ vom Krankenwagen gab ihm eine Sauerstoffmaske. Danach taten die Feuerwehrleute nichts mehr, sie kümmerten sich nur noch um ihren Kollegen. Mein Vater, meine Mutter und Liese waren vergessen.«

»Mein … mein Vater«, stammelt Alissa. »Das war mein Vater.«

Ich sehe auf. »Jetzt verstehst du es also.«

Dann ist es totenstill.

Wieder sehe ich Cleo vor mir, wie sie mit mir hinter dem Zaun stand. Sie brach zusammen und klammerte sich an mich wie ein Kind an seine Mutter. Ich musste mich zusammenreißen, für sie. Aber ich war müde, so unglaublich müde.

»Mein Vater hat in der Nacht einen guten Freund verloren.« Alissas Stimme zittert. »Und er war monatelang krank, das habe ich dir erzählt.«

»Er hätte Cleo und mich ins Haus lassen sollen«,

sage ich. »Wir kannten uns dort aus, wir hätten sie retten können.«

Alissa laufen Tränen die Wangen hinunter, aber sie sagt nichts weiter. Cleo war immer sehr viel wütender als ich, insbesondere, als Alissa in dieser Dokumentation auftauchte. Es war, als wäre Alissa eine Flamme neben einem Gasleck – Cleo explodierte.

»Sie tut so, als wäre sie das Opfer bei der ganzen Sache«, schrie Cleo. »Aber ihr Vater ist nur krank. Wenigstens *hat* sie noch einen Vater! Sie wacht nicht jede Nacht schweißgebadet auf, weil sie ihre Schwester um Hilfe schreien hört und sie absolut nichts tun kann. Sie hat auch keine Narbe am Hals, die sie jeden Tag an das erinnert, was passiert ist.«

Ich habe versucht, meine Schwester zu beruhigen, doch dadurch wurde sie nur noch wütender. Vor allem, als ich sagte, dass ich mir die Dokumentation nicht ansehen will.

»Sie waren auch deine Familie, oder hast du sie vergessen, genau wie die ganzen Feuerwehrleute?«

»Natürlich nicht.«

»So kommt es mir aber vor.« Cleos Augen versprühten Feuer. »Du hast sie gegen Jolieke eingetauscht!«

Ich wusste, dass sie aus Trauer so mit mir sprach, aber damit war sie zu weit gegangen. Ich verließ ihr Zimmer im Wohnheim und zwei Wochen lang redeten wir kein Wort miteinander.

Danach schien Cleo sich etwas beruhigt zu haben und das Thema Alissa war erst mal vom Tisch.

Wir unternahmen sogar viele schöne Dinge zusammen, Cleo gab mir die erste Fahrstunde, und hin und wieder lieferte ich eine kostenlose Pizza bei ihr an. Eine Zeit lang war es fast wieder so wie vor dem Unglück.

Doch als ich eines Tages bei Cleo war, bemerkte ich ein Notizbuch auf dem Fensterbrett. Cleo war im Bad und aus Neugier warf ich einen Blick in das Buch. Darin fanden sich alle möglichen Notizen, die zuerst keinen Sinn ergaben.

Hat zwei Brüder und eine Schwester. Schwester so alt wie Liese.

Als ich Lieses Namen sah, stockte mein Atem und hastig las ich weiter.

ES hat alles. ES ist wunderschön, keine Narben. Vater ist immer noch Feuerwehrmann.

Cleo machte sich Notizen über Alissa. Da standen viele aktuelle Daten bei den letzten Einträgen, also war sie immer noch besessen davon.

»Was machst du da?« Plötzlich war Cleo wieder zurück in ihrem Zimmer. »Das ist meins!«

Ich sah sie an. »Du verfolgst sie.«

»Und?« Cleo riss mir das Buch aus der Hand.

»Du musst damit aufhören.«

»Warum?« Sie sah mich giftig an. »Jemand muss es doch tun.«

»Zieh zu uns«, bat ich sie. »Du weißt, dass Jolieke nichts dagegen hat.«

Cleo lachte. »Glaubst du das wirklich? Sie will ja noch nicht mal, dass du mich ohne sie besuchst. Weiß sie, dass du hier bist?«

Ich merkte, wie ich rot wurde, denn sie hatte recht. Ich hatte Jolieke nicht erzählt, dass ich zu Cleo wollte. Sie bestand darauf, dabei zu sein, wenn Cleo und ich uns sahen, weil sie wusste, wie wütend Cleo wegen des Brandes immer noch war.

»Da siehst du es.« Cleo verschränkte die Arme. »Jolieke versteht uns nicht. Sie hat in jener Nacht zwar ihren Bruder verloren, aber wir noch viel mehr.«

Auch ich verschränkte die Arme. »Ich halt mich da raus.«

Cleo stellte sich direkt vor mich. »Schon wieder? Wie in der Nacht des Unglücks?«

Das tat weh. Wäre ich damals früher nach Hause

gekommen, hätte ich meine kleine Schwester retten können, denn mein Zimmer lag genau neben ihrem. Vielleicht hätte ich das Feuer auch schon früher bemerkt, weil ich nachts oft wach lag. Es wurde durch eine Kerze entfacht, die auf dem Tisch stand, Liese hatte sie angezündet und meine Mutter hat diese wohl übersehen, als sie alle ins Bett gingen. Die Kerze stand zu dicht an den Vorhängen, sodass diese Feuer fingen, als die vier schon schliefen.

Jetzt sehe ich wieder zu Alissa, die immer noch mit erhobener Hand, in der sie die Glasscherbe hält, vor mir steht. Vielleicht soll hier alles mit mir enden, vielleicht ist es so am besten.

Ich habe meine Mutter, meinen Vater und meine Schwester verbrennen lassen, ich habe Karlijn verjagt und Cleo ihr Ding machen lassen …

Warum habe ich Jolieke nichts davon erzählt? Vielleicht hätte sie Cleo stoppen können.

Doch Cleo ist meine Schwester. Außer Jolieke ist sie die einzige Familie, die ich noch habe. Ich konnte sie nicht hintergehen.

»Willst du mich erstechen?« Ich spucke die Worte regelrecht aus. »Dann tu es!«

»Komm ja nicht näher …« Alissa streckt die Glasscherbe mit zitternder Hand noch weiter in meine Richtung. »Ich tue es, wirklich.«

Ich habe meinen eigenen Vater ermordet.

Und meine Mutter und meine Schwester.

Liese, die immer wollte, dass ich ihr was auf dem Keyboard vorspiele. Ich würde so lange spielen, bis ich Blasen an den Finger bekomme, wenn sie dadurch zurückkäme.

»Bleib stehen.« Auch Alissas Stimme zittert, sie streckt die Scherbe noch ein Stück vor. »Ich warne dich, Milas.«

»Tu es einfach«, fordere ich sie auf. »Bitte. Genau das will ich. Ich habe es verdient.«

»Nein!« Ihre Stimme ist jetzt eine Oktave höher als sonst. »Bleib stehen!«

Da ertönt ein Knall von der Tür her. Mina und Sky wollen wohl nicht mehr warten, sie kommen, um Alissa zu retten.

»Du kannst froh sein, solche Freunde zu haben«, höre ich mich selbst sagen und strecke meinen Arm Alissa entgegen.

Es passiert so plötzlich, dass ich es zuerst kaum wahrnehme. Doch dann spüre ich einen starken, stechenden Schmerz.

X

»Nein!«
Mit einer Bewegung wische ich alles vom
Schreibtisch herunter.
Auf dem Bildschirm ist Milas zu sehen, wie er
bewegungslos auf dem Boden liegt.
Ich höre wieder Lieses Stimme
in meinem Kopf.
Sie hat in jener Nacht um Hilfe geschrien.
Alle haben sie im Stich gelassen.
Dieser Feuerwehrmann hat versprochen, ihr
zu helfen, aber er fand sie
nicht wichtig genug.
Schließlich hatte er
seine eigene Tochter zu Hause.
Er hatte ES.

MINA

»Nein! Bleib stehen!« Alissas schrille Stimme dringt durch die Tür zu uns.

Ich denke nicht lange nach, sondern werfe mich mit der Schulter gegen die Tür, die mit einem Knall aufspringt. Als ich in den Raum renne, nehme ich alles gleichzeitig wahr.

Milas liegt auf dem Boden, Alissa steht vor ihm. Sie zittert dermaßen, dass es mir so vorkommt, als würde ich sie doppelt sehen. Sie hält ihre Hände von sich weg, als wären sie mit etwas Schmutzigem in Berührung gekommen.

Doch dann sehe ich Milas' Bauch. Dort, wo ich in der vergangenen Woche immer wieder stechende Schmerzen hatte, steckt ein Glasstück. Sein graues T-Shirt ist blutrot.

»Alissa …«

Sie reagiert nicht. Als ich sie berühre, schaut sie verwirrt hoch. Flehend sehen mich ihre blauen Augen an, als wäre ich die Einzige, die ihr helfen kann. Genauso hat auch Sky vorhin geguckt, aber ich bin mir nicht sicher, ob ich irgendetwas für sie tun kann.

»Geh mit ihr raus«, sage ich zu Sky, der mit großen Augen Milas anstarrt.

Ich schiebe die beiden in den Flur Richtung Wohnzimmer. Als sie weg sind, sehe ich wieder nach Milas, der bewegungslos daliegt.

Was ist hier passiert?

Alissa hat ihn offensichtlich niedergestochen, aber war es zu ihrem eigenen Schutz?

Ist er tot?

Ich muss sichergehen, dass er uns nie wieder zu nahekommen kann. Nie wieder.

Ich rolle den Schreibtischstuhl in den Flur und will gerade die Tür schließen, aber dann tue ich es doch nicht. Ich kann Milas nicht einfach so sich selbst überlassen. Dann wäre ich noch schlimmer als Cleo und das will ich nicht sein.

Ich gehe zurück in das Jungenzimmer. Vielleicht sollte ich das Glas aus seinem Bauch herausziehen – oder blutet es dadurch nur noch mehr?

Als ich näher an ihn herantrete, sehe ich, dass seine Augenlider zucken.

Also lebt er noch.

Dann kommt auf einmal ein seltsames, röchelndes Geräusch aus seinem Mund und er öffnet die Augen. Benommen sieht er mich an, ein schiefes Lächeln erscheint auf seinem Gesicht, so als würde nur noch die rechte Seite seines Körpers funktionieren.

»Hey …«, höre ich ihn leise sagen.

»Hast du Schmerzen?«, frage ich.

Milas versucht aufzustehen, verzieht dabei aber das Gesicht.

»Du musst liegen bleiben«, sage ich, »oder deine Organe werden noch mehr Schaden nehmen.«

»Spielt das eine Rolle?« Wieder entweicht ihm dieses seltsame Geräusch und seine Augen verdrehen sich.

Erschrocken beuge ich mich vor, doch dann höre ich seinen flachen Atem. Er ist ohnmächtig, aber am Leben.

Ich sehe auf die Glasscherbe in seinem Bauch. Welche Organe sie wohl getroffen hat? Die Gedärme?

Ich muss an das anatomische Modell denken, das wir zu Beginn zusammengesetzt haben. Zwar habe ich es geschafft, alle Organe fehlerfrei an die richtige

Stelle zu setzen, aber jetzt kann ich mich an nichts mehr erinnern.

Tief einatmend stehe ich auf. Ich kann Milas nicht helfen. Genau wie wir anderen muss auch er darauf warten, dass Cleo die Tür öffnet.

Obwohl Milas nicht mal genug Kraft hätte, um aufzusehen, schiebe ich den Schreibtischstuhl von außen unter die Türklinke und überprüfe, ob das hält.

Dann gehe ich ins Wohnzimmer und setze mich zu meinen Freunden. Alissa ist in unserer Mitte, und ich wechsele einen schnellen Blick mit Sky, dessen Gesicht aschfahl ist.

»Cleo ist Milas' Schwester«, höre ich ihn sagen.

Ich will es gar nicht wissen. Ich will nicht wissen, wer genau dieser Junge mit der Glasscherbe im Bauch ist. Ich will nur, dass das alles aufhört.

Ich nehme Alissas Hände in meine – und da merke ich, dass meine genauso zittern wie ihre.

Keiner sagt etwas. Was gibt es auch noch zu sagen?

Alles, was wir tun können, ist abwarten und auf ein Wunder hoffen.

X

Er ist tot.
ES hat meinen kleinen Bruder umgebracht.
Ich reiße die Tür zum Flur auf.

CAITLIN

Sie geht.

Diese gestörte Hexe geht tatsächlich weg.

Ich versuche, meine Hände zu bewegen, doch dadurch schneiden die Fesseln nur noch mehr in meine Haut.

Nicht weit von mir entfernt steht ein Telefon auf dem Boden, so ein altes mit Schnur. Der Hörer liegt daneben, ich kann das Tuten hören.

Ich muss mich beeilen, sie kann jeden Moment zurückkommen.

Ich drehe meine Hände hin und her, doch die Fesseln sitzen zu stramm. Es fühlt sich an, als würde ich meine Haut abrubbeln, bis es blutet.

Doch dann lösen sich die Fesseln langsam. Ich könnte heulen vor Erleichterung, auch wenn meine Augen ganz ausgetrocknet und geschwollen sind vom vielen Weinen.

Auf einem der Bildschirme sehe ich Sky. Der Junge, der mir heute Abend zwei Mal das Herz gebrochen hat. Das erste Mal, weil er mich nie geliebt hat, und das zweite Mal, weil ich mitansehen musste, wie er leidet. Hat diese Frau ihm so zugesetzt?

Ich bin frei.

Überrascht sehe ich auf meine Hände, als würden sie nicht mir gehören.

Ich muss mich beeilen.

Mit zitternden Fingern nehme ich den Telefonhörer in die Hand und wähle den Notruf. Eine Frau meldet sich.

»Von wo rufen Sie an und welche Hilfe benötigen Sie?«

Ich nenne ihr unseren Wohnort und bitte um polizeiliche Hilfe sowie um einen Krankenwagen.

»Jemand ist verletzt«, sage ich. »Schwer verletzt und ich …«

Auf einmal ist da ein Klickgeräusch, die Frau hat mich zu einem Mitarbeiter durchgestellt.

»Warten Sie!«, rufe ich, aber da höre ich schon eine andere Stimme, diesmal eine männliche.

»Wo genau sind Sie?«

»In einem Escape Room. Ich kann mich aber nicht

an den Straßennamen erinnern. Bitte, Sie müssen schnell herkommen!«

»Erinnern Sie sich an irgendetwas anderes? Es gibt drei Escape Rooms im Ort.«

Drei? Ich denke angestrengt nach. Ich bin mit dem Rad hergekommen und habe es gegen eines der Gebäude gelehnt. Es waren alte Häuser und der Straßenname war irgendein Vogel, eine …

»Möwe!« Fast schreie ich es in den Hörer. »Möwenstraße!«

»Sehr gut. Jetzt wissen wir also, wo Sie sind. Was ist passiert?«

»Eine Mitarbeiterin hier ist durchgedreht, jemand wurde niedergestochen …«

»Wie viele Personen wurden verletzt?«

»Mindestens zwei. Bitte, Sie müssen sich beeilen.«

»Wie alt sind die Verletzten?«

»Keine Ahnung, zwischen fünfzehn und zwanzig, irgendwie so.« Ich fange wieder an zu weinen. »Ich habe solche Angst.«

»Ein Einsatzwagen ist schon unterwegs. Er wird jeden Moment bei Ihnen eintreffen.«

Ich sehe zu den Bildschirmen. Der Junge, Milas, liegt immer noch auf dem Boden, völlig regungslos. Er hat sich nicht mehr bewegt, seit er mit Mina gesprochen hat. Alissa sitzt wie erstarrt da, Sky hält seine verletzte Hand gegen den Oberkörper gepresst und Minas Lippen bewegen sich, aber kein Laut kommt heraus. Es ist, als würde ich einen Film schauen, nur dass ich die Darsteller persönlich kenne.

Plötzlich sehe ich auf einem anderen Bildschirm – auf dem sich die ganze Zeit, seit ich hier bin, nie etwas getan hat – eine Bewegung. Der Bildschirm zeigt die Eingangstür zum Escape Room.

Cleo öffnet die Tür. Ich kann es kaum glauben, aber diese Schwarz-Weiß-Bilder lügen nicht. Lässt sie uns alle gehen? Das würde bedeuten, dass dieser Albtraum endlich vorbei wäre.

Doch dann wirft Cleo etwas in den Raum hinein. Eine Flasche, um die etwas gewickelt ist. Ein Tuch? Auf einmal wird der ganze Bildschirm gleißend hell, es kommt mir vor, als würde ich in die Sonne schauen.

»Nein …«, stöhne ich.

»Wie bitte?«, fragt der Mann am anderen Ende der Leitung.

Da kehrt das normale Bild auf dem Bildschirm zurück, und ich erkenne Flammen, die um den Schreibtisch und das anatomische Modell flackern.

»Feuer …« Ich schnappe nach Luft. »Sie hat einen Brand gelegt!«

»Können Sie sich in Sicherheit bringen?«

Ich lasse den Hörer fallen und renne los.

SKY

Ich höre, wie Glas zerbricht, dann eine dumpfe Explosion und schließlich rieche ich Rauch.

»Feuer«, flüstere ich.

»Kommt mit.« Mina führt Alissa und mich in die hinterste Ecke der Küche und dreht den Wasserhahn auf, doch es kommt nichts heraus. Alles hier ist Fake.

»Hier.« Ich nehme drei Geschirrhandtücher aus einem Regal. »Haltet euch die vor den Mund und die Nase, das hilft gegen den Rauch. Mina, bleib du bei Alissa. Ich gehe mal nachsehen.«

Als ich zum Behandlungsraum laufe, ist mir so schwummerig, dass ich sechs Türen statt nur drei sehe, und ich muss mich gegen eine der Wände lehnen, um nicht zusammenzubrechen.

Die Hitze, die aus dem Sprechzimmer kommt, ist erdrückend. Als ich die Flammen sehe, ist mir sofort klar, dass es keinen Ausweg gibt. Wir könnten die verschlossene Tür noch nicht einmal erreichen.

Wie kann ein so großes Feuer derart schnell entstehen?

Cleo will uns umbringen.

War das von Anfang an ihr Plan?

Wollte sie zuerst nur ein bisschen mit uns spielen, bevor sie uns bei lebendigem Leib verbrennen lässt?

Dann sehe ich den Schreibtischstuhl, der unter die Klinke des Jungenzimmers geklemmt ist. Mina hat Milas eingesperrt. Die ruhige Mina, die sich letzte Woche im Park kaum getraut hat, mit ihm zu sprechen. Mina, das zurückhaltendste Mädchen der ganzen Schule. Die gleiche Mina lässt Milas da drin verbluten.

Die Flammen lecken bereits an den Flurwänden, bald werden sie das Jungenzimmer erreichen. Mir ist klar, dass er Cleos Bruder ist und teilweise Schuld daran hat, dass wir hier sind, dennoch tut er mir leid. Ich will es nicht, aber irgendwo in mir drin spüre ich immer noch einen Funken Verliebtheit. Vielleicht wird sie nie ganz verschwinden.

Ich schiebe den Stuhl beiseite und öffne die Tür. Milas liegt unverändert auf dem Boden, sein Gesicht ist grau und eine Blutlache hat sich auf dem Holzboden ausgebreitet.

Mir kommt es vor, als würde ich einen Film sehen, so als wäre das hier nicht echt. Ich fluche vor mich hin. Milas und ich werden verbluten, aber bei ihm wird es schneller gehen. Alissa hat ihm die Glasscherbe tief in den Magen gerammt.

So schnell ich kann, gehe ich zu ihm und tätschele seine Wange. Er reagiert nicht, aber ich fühle einen schwachen Puls an seinem Hals.

Ich lege seinen Arm um meine Schulter und versuche mühsam, ihn in eine aufrechte Position zu bekommen.

Milas stöhnt, aber er öffnet die Augen nicht. Aus der Wunde tritt noch mehr Blut aus.

Wie soll ich das nur anstellen? Hätte ich beide Hände zur Verfügung, wäre es kein Problem, aber mit nur einer ist es fast unmöglich.

Der ganze Raum dreht sich vor meinen Augen.

Meine Hand fühlt sich an, als hätte sie bereits Feuer gefangen.

Taumelnd bewege ich mich durch den Flur, die Flammen sind direkt hinter mir. Wie eine Puppe hängt Milas an mir und so stolpere ich ins Wohnzimmer. Sobald Mina ihn sieht, tobt sie los.

»Was machst du da?!«

Alissa drückt sich dichter an die Wand, als würde sie darin verschwinden wollen. Ich lege Milas auf den Fußboden, wieder stöhnt er, als sein Kopf auf den Fliesen aufkommt.

»Wir können ihn nicht sterben lassen.«

Ich will hier drin nicht zum Tier werden, ich will Sky bleiben. Bis zur letzten Sekunde.

MINA

Jemand beginnt zu weinen.

Bin ich das?

Wir halten uns an den Händen.

Ich muss Milas die ganze Zeit ansehen. Er sieht so aus, als wäre er für seine Beerdigung so hingebettet worden, ganz friedlich und ruhig.

Werde ich bald auch so aussehen?

Werden meine Eltern zu Weihnachten je wieder in die Kirche gehen? Oder werden sie damit aufhören, weil ich zwischen ihnen sitzen sollte?

Ich sehe unser Haus vor mir, mein Zimmer. Die Pinnwand mit den Fotos von Sky, Alissa und mir. Ich bin darauf immer ein bisschen hinter den beiden versteckt, während Alissa strahlend im Vordergrund steht.

Ich berühre die kurzen Stoppeln auf meinem Kopf. Ob meine Eltern mich so überhaupt erkennen?

Oder werde ich ohnehin bald bis zur Unkenntlichkeit verbrannt sein, sodass sie uns vier gar nicht auseinanderhalten können? Ein Schluchzen entweicht meiner Kehle.

Der Rauch dringt unter der Tür hindurch.

X

**Caitlin ist weg.
Dort, wo ich sie gefesselt habe,
liegen nur noch die Seile.
»Hallo?«
Ich schau mich um,
aber niemand ist zu sehen.
Wo kam die Stimme her?
Dann sehe ich den Hörer
neben dem Telefon liegen.
»Sind Sie noch dran?«
Ich halte mir den Hörer ans Ohr.
»Wer ist da?«, frage ich.
»Der Notruf.«
Ich zucke zurück.
Dann höre ich einen lauten Knall.**

Auf dem Bildschirm sehe ich, wie Leute ins Gebäude eindringen. Sie kommen, um mich zu holen.

ALISSA

»Haltet durch, Leute!«

Ich öffne die Augen. Überall ist Rauch. Er sticht mir in den Augen.

Kam das aus dem Lautsprecher? Wessen Stimme ist es diesmal? Lieses? Milas'? Die ihrer Eltern?

Ist das hier ein neues Spiel?

Ich ertrage nicht noch mehr.

Cleo muss aufhören.

»Wir sind gleich da, Alissa!«

Die Stimme kenne ich.

Es ist mein Vater.

Bin ich tot?

Doch was tut er dann hier?

Ein Knall, laute Stimmen, ein seltsames, zischendes Geräusch.

Noch mehr Rauch.

»Alissa!«

»Paps?«, krächze ich und nehme das Geschirrhandtuch vom Mund.

»Sie leben!«, ruft jemand und es wird gejubelt. Warum freuen sie sich? Dafür gibt es absolut keinen Grund. Ich habe jemanden umgebracht.

»Ich …« Ich muss es ihnen sagen. Jemand muss wissen, was ich getan habe. »Ich habe Milas …«

In dem Moment werde ich hochgehoben und ich fühle etwas Hartes an meiner Wange. Es dauert eine Weile, bis ich begreife, was es ist: der Feuerwehrhelm meines Vaters.

HIER

ENDET

DAS

SPIEL

SKY

Ich merke, wie die Rollen der Trage sich einklappen, als ich in den Krankenwagen geschoben werde. Erst jetzt fällt mir auf, dass ich Minas und Alissas Hand nicht mehr halte. Wann habe ich sie losgelassen? Sie sind noch da drin!

Mina, Alissa … Ich will ihre Namen rufen, aber da ist etwas über meinem Mund und ich schaffe es nicht.

Was passiert hier? Ich setze mich auf, aber ein Rettungssanitäter drückt mich sanft wieder zurück auf die Trage.

»Deinen Freunden geht es gut.«

Ich sehe mich um. Neben mir liegt Milas, er ist mit allen möglichen Kanülen verbunden und eine Sauerstoffmaske sitzt auf seinem Mund. So eine trage ich wohl auch, deshalb kann ich nicht sprechen.

»Wir haben deinem Freund Morphium gegeben, um die Schmerzen zu lindern. Er ist bewusstlos.«

Ich will sagen, dass Milas alles andere als mein Freund ist, doch dann fährt der Krankenwagen los und Übelkeit steigt in mir hoch.

»Bleib ganz ruhig liegen«, sagt der Mann zu mir.

Wo ist Caitlin? Ist sie noch bei Cleo?

Ich ziehe die Sauerstoffmaske herunter, sodass die Gummibänder an meinen Ohren ziehen. »Caitlin …«

»Bleib liegen«, sagt der Mann, diesmal etwas nachdrücklicher.

Was, wenn er zu dem ganzen Spiel dazugehört? Bin ich wirklich in einem Krankenwagen oder ist das hier Teil des Escape Rooms?

Ich versuche die Finger meiner verletzten Hand zu bewegen, doch nichts passiert. Alles, was ich fühle, ist ein leichtes Prickeln an der Stelle, wo sie sein sollten.

Wo sind meine Finger geblieben?

Ich muss Schlagzeug spielen. Ich muss …

MINA

»Ich bleibe bei Alissa«, sage ich zu dem Polizisten, der mich mit dem Polizeiauto ins Krankenhaus fahren will.

Die Rettungssanitäterin nickt. »Okay, aber wir müssen jetzt los.«

Ich klettere in den Krankenwagen und setze mich neben die Trage. Alissas Vater sitzt bereits auf Höhe ihres Kopfes und streichelt unaufhörlich ihre Haare.

»Was ist passiert, meine Süße?«, höre ich ihn fragen.

Vielleicht ist es ganz gut, dass sie Alissa ein starkes Beruhigungsmittel gegeben haben, denn ich glaube kaum, dass sie die Frage hätte beantworten können.

Wo soll man auch anfangen? Die Polizei wird alles von uns wissen wollen, aber ich bin mir nicht sicher, ob ich jemals darüber sprechen kann. Niemand wird verstehen, was in diesem Escape Room passiert ist.

Niemand wird verstehen, was wir vier durchgemacht haben.

Nein, wir drei.

Milas kann ich nicht mitzählen.

Die ganze Zeit war er Teil dieses kranken Plans.

»Mina.« Alissas Vater legt eine Hand auf meine. »Ich will mich bei dir bedanken.«

Ich schrecke aus meinen Gedanken hoch. »Wofür?«

»Dafür, dass du meiner Tochter so eine gute Freundin bist.«

Nur du allein willst Aufmerksamkeit, sogar auf Kosten deines Vaters!

Ich schlucke. »Da bin ich mir nicht so sicher.«

»Dank dir ist sie noch am Leben. Euch die Geschirrhandtücher vors Gesicht zu halten, war eine sehr gute Idee.«

»Das war Skys Idee.«

Mein bester Freund ist mit Milas in dem anderen Krankenwagen. Dass sie Milas mit Schmerzmitteln ruhiggestellt haben, hilft mir nicht besonders. Von jetzt an werde ich immer auf der Hut sein, was ihn angeht.

»Auch du hast da drin gekämpft, ganz sicher.«

Alissas Vater lässt seinen Blick über meinen geschorenen Schädel wandern.

Fast hätte ich meine kurzen Haare vergessen.

»Wir haben alle gekämpft«, sage ich leise.

Ich sehe zu Alissa, die Milas niedergestochen hat. Wenn er es nicht schafft, ist sie eine Mörderin.

Im Moment liegt sie friedlich auf der Trage, aber bald wird auch sie in dieser Hölle aufwachen. Ich hoffe für sie, dass der Schlaf noch eine ganze Weile andauert.

»Mina!« Die Stimme meiner Mutter hallt durch den Krankenhausflur. Die Absätze ihrer Schuhe erzeugen ein klickendes Geräusch. Sie rennt auf mich zu, dicht gefolgt von meinem Vater.

Alissas Trage wird weggeschoben. Dann fühle ich mich von zwei Armen umfangen.

»Ma …«, sage ich leise.

»Oh, Liebling.« Meine Mutter hält mich ein Stück von sich weg und ihre Augen füllen sich mit Tränen. Sie streckt ihre Hand aus und streichelt mir den Kopf. »Was haben sie dir angetan?«

Noch so eine unmöglich zu beantwortende Frage. Wenn ich ihr das erzähle, lässt sie mich nie wieder aus dem Haus.

Ich sehe zu meinem Vater, der unbeholfen neben uns steht. Er versucht, nicht auf meinen Kopf zu starren, aber es fällt ihm sichtlich schwer.

»Paps, ich …«

Er tritt einen Schritt vor und nimmt mich in den Arm. Meine Mutter tut das Gleiche, und Wärme umgibt mich von allen Seiten. Ich weiß nicht mehr, wo wessen Arm ist, und ich kann mich nicht bewegen, aber das hier fühlt sich komplett anders an, als eingesperrt zu sein.

SKY

Meine Mutter hat aufgehört zu weinen, aber es könnte sein, dass sie jede Sekunde wieder anfängt. Mein Vater sitzt schweigend neben meinem Bett und sieht auf meine Hand, die eingegipst ist. Sie wurde mit siebzehn Stichen genäht, und an manchen Stellen ist sie auch gebrochen, aber laut dem Arzt werde ich irgendwann wieder Schlagzeug spielen können.

Hin und wieder schlafe ich ein, doch die Krankenschwester ist der Meinung, dass das genau richtig ist. Sie sagt immer wieder, wie viel Glück wir hatten. Alissas Vater und die anderen Feuerwehrleute haben uns gerade noch so retten können.

Der Moment, als der Rauch unter der Tür durchzog, kommt mir wieder in den Sinn. Ich glaubte wirklich, ich würde sterben.

Aber jedes Mal, wenn ich meine Eltern sehe, wird mir klar, dass ich noch lebe.

Ich habe es geschafft. Die Krankenschwester hat recht – ich hatte Glück.

Aber warum bin ich dann nicht froh?

Die Krankenschwester steckt den Kopf zur Tür herein. »Besuch für dich.«

Ich setze mich ein wenig auf. »Mina?«

Doch es ist Caitlin, die ins Zimmer kommt. Ihr Gesicht ist mit schwarzer Wimperntusche verschmiert, und sie fummelt an dem Ring, der an ihrem kleinen Finger steckt, herum.

Mein Herzschlag beschleunigt sich.

»Wer ist das?«, fragt mein Vater.

»Caitlin«, antwortet meine Mutter. »Skys Freundin.«

Ich versuche zu ignorieren, wie unangenehm das Ganze ist, aber ich sehe, dass Caitlin rot wird.

»Paps, Ma …« Ich sehe sie an. Es ist offensichtlich, dass sie mir nie wieder von der Seite weichen wollen, aber dieses Gespräch werde ich auf keinen Fall führen, wenn sie dabei sind.

»Okay, wir gehen«, sagt mein Vater und zieht meine Mutter in den Flur hinaus.

Als Caitlin den Platz meines Vaters neben dem Bett einnimmt, starre ich auf die Bettdecke. Ich sollte etwas sagen, aber wo soll ich nur anfangen?

»Es tut mir leid«, sagen wir gleichzeitig.

Überrascht sehe ich sie an. »Was tut *dir* denn leid?«

Caitlin wirft einen Blick auf meine Hand. »Dass du das alles durchmachen musstest.«

Sie ist so lieb, viel zu lieb.

»Du hast alles mitbekommen, oder?«, frage ich, nur um sicherzugehen. »Was da drin gesagt wurde?«

Caitlin blinzelt ein paarmal. »Ich war mit ihr im selben Raum.«

»Hat sie dir …«

»Sie hat mich gefesselt, mir eine Haarsträhne abgeschnitten und mich bedroht«, sagt sie. »Mehr nicht.«

»Reicht das nicht?« Tränen steigen mir in die Augen. Wie soll ich meine Schuld ihr gegenüber je begleichen?

Ich will ihre Hand nehmen und denke zu spät daran, dass ich meine nicht bewegen soll. Ein starker Schmerz durchfährt mich.

»Au.«

»Geht es?«

»Du musst aufhören, so nett zu sein«, sage ich. »Bitte, hass mich, hau mich, aber sei nicht so nett.«

»Ich würde dich gerne hauen«, entgegnet sie. »Aber das mache ich erst, wenn es dir wieder besser geht.«

Ich merke, dass ich lächele, wodurch eine Träne meine Wange hinunterläuft.

»Ich will nicht, dass du mich weinen siehst.«

»Versteh ich.« Caitlin stupst mich sanft an der Schulter an. »Man könnte noch denken, dass du schwul bist.«

Ich merke, wie mein Bauch zu zucken beginnt, doch Caitlin bricht als Erste in Gelächter aus und ich falle mit ein. Wir lachen viel lauter, als wir sollten. Wir lachen, weil wir noch am Leben sind.

»Sky.« Mina kommt herein und wirft ihre Arme um mich. Ich bin gerade erst aufgewacht. Nach Caitlins Besuch bin ich erneut weggedöst und meine Eltern sitzen wieder bei mir. Als sie Minas neue Frisur sehen, wirken sie geschockt.

Mina hält mich noch ein paar Sekunden fest, und mir wird klar, wie gut das tut.

»Was machen die Schmerzen?«, fragt sie, als sie mich schließlich loslässt.

»Morphium«, sage ich. »Genial.«

»Alissa schläft noch«, sagt Mina. »Ich werde demnächst nach ihr sehen.«

Zu gerne würde ich sie begleiten, aber laut der Krankenschwester muss ich im Bett bleiben.

»Dein Verband war besser«, sage ich, als ich Minas Blick auf meine Hand bemerke. »Du könntest hier ohne Probleme arbeiten.«

»Fürs Erste habe ich genug Blut gesehen.«

Ich lächele zaghaft.

»Ich habe Caitlin gerade im Flur getroffen«, sagt sie leise. »Alles okay bei euch?«

»Das ist es.«

Ich will sie nach Milas fragen, aber im Beisein meiner Eltern traue ich mich nicht. Die Polizei hat ihnen die ganze Geschichte erzählt. Als mein Vater erfuhr, dass Milas Teil der ganzen Sache war, hatte ich kurz Angst, er würde in Milas' Zimmer stürmen und ihm eine verpassen.

»Cleo ist auf dem Polizeirevier«, sagt Mina. »Sie wird gerade vernommen. Und dann ist er an der Reihe.«

Unglaublich, sie schafft es immer, den perfekten Moment abzupassen, um etwas zu sagen.

Sie gibt mir einen Kuss auf die Stirn. »Ich sehe mal nach Alissa.«

Als sie zur Tür geht, betrachte ich ihr kurzes Haar. Sie sieht damit unbesiegbar aus, ich hoffe, sie lässt es so.

Mina ist die Einzige von uns, die unbeschadet

davongekommen ist. Doch ich weiß, dass die wahren Wunden in ihrem Inneren zu finden sind.

Sie wurde als Alissas Schatten bezeichnet, wurde erniedrigt und bedroht.

Aus einem Impuls heraus halte ich mir die gesunde Hand an den Mund, um ihr etwas in den Flur hinterherzurufen. Und es ist mir egal, dass meine Eltern dabei neben mir sitzen. »Hey, wenn ich nicht schwul wäre, würde ich mich nicht in Alissa verlieben, sondern in dich!«

MILAS

Ein Fremder sitzt an meinem Bett. Als ich aus dem Augenwinkel zu ihm hinüberspähe, fällt mir seine offene Jacke auf, die einen Blick auf die Waffe im Holster freigibt.

Ich mache die Augen wieder zu. Solange ich vorgebe zu schlafen, kann mir niemand Fragen stellen – zu Alissa, meiner Schwester und allem, was im Esacpe Room passiert ist.

Alissa hat mich niedergestochen. Ich habe geglaubt, sie ist dazu nicht fähig, aber das war sie.

Ich wollte sie beschützen, aber sie hat es nicht begriffen. Sie dachte, ich bin genauso böse wie meine Schwester.

Cleo … Wo sie jetzt wohl ist?

Ich weiß nicht, ob ich sie jemals wiedersehen will.

Plötzlich dringt eine panische Stimme vom Flur ins Zimmer hinein.

»*Milas!*«

Jolieke. Mir schnürt sich der Magen zu und meine Augen füllen sich mit Tränen. Was macht sie hier? Warum will sie mich nach allem, was passiert ist, überhaupt noch sehen?

»Entschuldigen Sie, junge Dame, im Moment können Sie das Zimmer noch nicht betreten.«

»Warum nicht? Ich bin mit ihm verwandt, er wohnt bei mir!«

»Wir verstehen, dass Sie mit ihm sprechen möchten, aber zuerst muss er seine Aussage machen.«

»Aussage?«, ruft Jolieke. »Er hat nichts getan. Das ist alles ein großes Missverständnis!«

Ich kneife meine Augen noch fester zusammen.

ALISSA

Milas steht vor mir mit diesen eisblauen Augen.
Er tritt einen Schritt vor. Ich steche zu.
Überall ist Blut.
An der Glasscherbe, an meinen Händen, auf meinem Gesicht.

»Da bist du ja wieder.« Minas Gesicht ist so dicht an meinem, dass ich es kaum richtig erkenne. »Du bist ja ein Weltmeister im Schlafen.«
Wo bin ich?
Im Krankenhaus.
Immer noch.
Mein Vater hat mir über die Haare gestreichelt, das war schön.
Meine Mutter hat geweint, Koen und Ruben auch.
Und Fenna? War sie ebenfalls da?
Vielleicht haben meine Eltern sie zu Hause ge-

lassen, das wäre gut. Ich will nicht, dass sie denkt, auch ich wäre unglücklich.

»Deine Eltern sprechen gerade mit dem Arzt, sie kommen gleich wieder.«

Mina legt ihre kalte Hand an meine Stirn. Ich betrachte ihr kurzes Haar und strecke meine Hand nach ihrem Gesicht aus.

»Ich … ich habe …«

»Du hast mir eine Glatze verpasst, genau.« Mina nickt. »Es wächst nach. Oder vielleicht lasse ich es auch so.«

»… dich verletzt«, vervollständige ich meinen Satz.

»Schon okay«, entgegnet sie, aber ich höre ein Krächzen in ihrer Stimme. Die ganze Zeit über war sie so mutig, doch jetzt bricht sie zusammen.

Wir weinen beide.

»Milas lebt«, sagt sie trotz der Tränen. Seinen Namen zu hören, beschleunigt meinen Herzschlag. »Er wird von der Polizei vernommen, genau wie Cleo. Sie wollen auch mit uns reden.«

Ich glaube nicht, dass ich darüber, was da drin geschehen ist, werde sprechen können. Wie sollen Worte das Ganze beschreiben?

»Du hast mich vor Milas gewarnt und ich …« Es gibt so viele Dinge, die ich ihr sagen will, aber sie bleiben mir in der Kehle stecken. Erneut beginne ich zu weinen. Werde ich das Gefühl der Machtlosigkeit je wieder los? »Ich werde nie wieder jemandem vertrauen können.«

»Natürlich wirst du das«, sagt Mina leise. »Wir haben doch uns.«

Ich schließe die Augen, doch sofort kehrt der Albtraum zurück: Milas, die Glasscherbe, das Blut … Wie soll ich mit diesen Bildern leben lernen?

»Alissa?« Die Stimme lässt mich hochfahren, es ist eine Stimme, die tief in mir ein warmes Gefühl auslöst.

Noch bevor ich überhaupt aufsehen kann, fällt etwas Schweres auf meinen Schoß, und Haare kitzeln mein Gesicht.

»Fenna!«, sagt meine Mutter streng. »Sei vorsichtig mit deiner Schwester.«

Aber ich schlinge meine Arme um Fenna und drücke sie ganz fest an mich.

Über Fennas Schulter hinweg sehe ich, wie Mina lächelt. Sie hat recht. Das Vertrauen wird zurückkehren.

Wir haben uns.

Es gibt einen Weg, diesem Escape Room zu entkommen.

X

Alle wollen wissen, warum.
Die Presse, die Polizei, Jolieke.
Ich bleibe stumm.
Eines Tages werde ich ein Buch
darüber schreiben.
Und dann werden es alle verstehen.
Ich habe es für meine Familie getan.
Für meine Mutter, meinen Vater,
Liese und Milas.
Sie sagen, mein Bruder ist am Leben, aber ich
werde ihn wohl eine Zeit lang nicht sehen.
Jolieke wird alles dafür tun,
um ihn von mir fernzuhalten.
Milas ist der Einzige, den ich noch habe.

Ich wusste nicht, dass er noch
am Leben war, da drin.
Wirklich nicht.
Mein Plan ist aufgegangen.
Ich habe ES gebrochen.
Ich hoffe, ES vergisst niemals, wie es ist,
machtlos zu sein.
Der Polizist informiert mich darüber,
was mich erwartet.
Ich sehe aus dem Fenster.
Die Sonne scheint durch
die Gitterstäbe hinein.
Die Wärme auf meinem Gesicht
ist angenehm.
Einen Moment lang ist es, als würde ich
wieder durch den Park joggen.
Die Sonne im Gesicht, ES sitzt auf der Bank.
Und redet mit meinem Bruder.
Die Möglichkeit, die sich auf einmal auftat.
Es war ein Zeichen.

Das werden die anderen doch irgendwann
verstehen, oder nicht?
Denn wenn du eine Chance hast,
alles, was du immer wolltest,
in einem Moment möglich zu machen,
dann würdest du dir diese Chance
auch nicht entgehen lassen.
Oder etwa doch?

ANMERKUNG DER AUTORIN

Der erste Escape Room, den ich besucht habe, war in Harlem in den Niederlanden.

Als wir reingingen, erklärte uns ein Mitarbeiter erst einmal die Regeln und sagte, er würde über einen Bildschirm alles beobachten, was passiert.

Scherzhaft sagte ich zu den anderen: »Was, wenn er uns nicht wieder herauslässt?« Aus diesem Witz entstand am Ende die Grundidee für dieses Buch.

Escape Rooms sind mittlerweile zu einer Sucht für mich geworden. Ich möchte so viele wie möglich ausprobieren.

Obwohl …

Nach diesem Buch bin ich doch etwas vorsichtiger.

Ich erzähle vorher mindestens einer Person, wohin ich gehe, und sage dann immer: »Wenn du bis zweiundzwanzig Uhr nichts von mir gehört hast, komm und rette mich.«

Nur um sicherzugehen natürlich.

Maren Stoffels veröffentlichte ihr erstes Buch bereits mit 17. Am liebsten mag sie Geschichten, deren Basis eine reale Erfahrung ist. Deshalb hat man beim Lesen ihrer Bücher oft das Gefühl, all das könnte einem selbst auch eines Tages passieren. Und vielleicht wird es das ja …

Katja Hildebrandt, geboren in Berlin, arbeitete viele Jahre als Lektorin in München, bevor es sie in die Heimat zurückzog, wo sie als freie Lektorin und Übersetzerin tätig ist. Wenn sie neben Familie und Arbeit Zeit findet, geht sie gerne joggen und Rad fahren oder faulenzt mit einem guten Buch.

Mehr über cbj auf Instagram unter @hey_reader

Natasha Preston

The Twin – Geliebtes Schwesterlein

432 Seiten, ISBN 978-3-570-31403-6

Die 16-jährigen Zwillingsschwestern Ivy und Iris leben seit der Trennung ihrer Eltern vor 6 Jahren getrennt. Doch dann verunglückt ihre Mutter tödlich und Iris zieht wieder bei Ivy und ihrem Dad ein. Die beiden Schwestern gleichen sich äußerlich bis aufs Haar, doch sind so verschieden wie zwei Menschen nur sein können. Die vernunftgesteuerte Ivy versucht der emotionalen Iris zu helfen, ist bereit, mit ihr alles zu teilen, schließlich sind sie Schwestern. Zwillinge. Iris nimmt das Angebot an. Mehr als nur gerne ... Bald sind alle Iris' Charme erlegen. Ivys Freunde, ihre Teamkollegen, ihr Freund, sogar ihr Vater. Und Ivy beginnt sich zu fragen, wie weit Iris gehen würde, um ihren Platz endgültig einzunehmen ...

30432

www.cbj-verlag.de

Jennifer Lynn Barnes
Cold Case Academy

Ein mörderisches Spiel
Band 1, 272 Seiten,
ISBN 978-3-570-31574-3

Ein tödliches Rätsel
Band 2, 336 Seiten,
ISBN 978-3-570-31575-0

Die 17-jährige Cassie kann andere Menschen lesen wie ein Buch – absolut kein Geheimnis bleibt ihr verborgen. Ihre besondere Begabung macht sie zur Anwärterin für einen Platz in der »Cold Case Academy«, einem Eliteausbildungsprogramm für Nachwuchs-Profiler. Von nun an ermittelt sie an der Seite eines Teams junger Hochbegabter. Doch dann stoßen sie auf mörderische Geheimnisse der Vergangenheit …

Die atemberaubende Thriller-Reihe der Bestsellerautorin der »The Inheritance Games«